우리, 헤어질 줄 몰랐지

우리, 헤어질 줄 몰랐지

사진·글 이근영

북하우스

그리고 끝나지 않은 길

개들을 바라보는 내 시선이 조금은 더 단단하고 진해지고 있다고 느낄 때쯤
룸메이트와 함께 왔던 하쿠와 만쥬는 다시 떠나게 되었다.
사람이 만나고 헤어지는 일도 각자의 사정과 이유가 있지만
개들과 헤어지는 일도 단순하거나 쉬운 것만은 아니다.
매일 함께 걷던 거리가 이제는 낯설고 허전하다.
더 이상 진행형이 아닌 이 이야기들을 수면 위로 조심스레 꺼내어놓는 것은
실수투성이였으나 최선을 다하려고 노력했던 의미 있는 시간들을 믿기 때문이다.
하쿠, 만쥬와의 이야기는 이렇게 일단락되었지만
그들이 내게 준 것은 아직 끝나지 않았다.

당연히 내일이 있을 거라 생각했던 어리석음을 이해해주렴.
끝까지 함께하지 못해서,
더 많은 사랑을 주지 못해서 미안해.

✚ 첫번째 반려견 달리

사진작가 윌리엄 웨그만의 작품 속 개에게 반해 내가 개를 키우게 된다면
꼭 그 개를 키우리라 마음먹었다. 그래서 친구가 위로의 선물로 강아지를
사주겠다고 했을 때, 주위의 만류에도 불구하고 망설임 없이 선택한 녀석이
바로 '달리'. 와이마라너 종. 수컷. 호박색 눈빛, 잿빛 털. 순식간에 자라나 K1
선수의 덩치와 외모를 갖추게 될 줄은 예상했었으나 그 안에 수줍고 두려운
소녀의 마음이 숨어 있을 줄은 꿈에도 몰랐다. 육체와 정신의 부조화의 표
상. 어쩌면 살바도르 달리에서 이름을 따 붙여줬던 것도 앞으로 일어날 일들
의 복선이었는지도 모른다.

✚ 두번째 반려견 중 형님, 하쿠

양 치는 개로 알려진 보더콜리 종, 수컷. 영국에서 생활하다 2005년 주인 A를 따라 만쥬와 함께 한국으로 돌아왔다. 나와 A가 같이 살기로 하면서 가족이 되었다. 무척 영특하나 공이나 프리스비같이 움직이는 물체에 대한 집착은 무서울 정도. 그러나 근본적인 문제는 잘 지내던 만쥬와 사이가 틀어져버렸다는 것. 결국 현재 가족을 떠나 시골에서 생활 중이다. 깨물어 안 아픈 손가락 없다지만 구구절절 사연 많은 녀석이라 가장 아픈 손가락이 되었다.

✚ 두번째 반려견 중 동생, 만쥬

티베탄 테리어 종. 수컷. 개답지 않은 차분함과 의뭉스러움을
동시에 지니고 있으며 A의 전담 스토커. 한국에 돌아오고 얼
마 후 하극상을 일으켰고, 끝내 우리로 하여금 하쿠를 시골로
보내게 만들었다. 결국 나와 가장 많은 날들을 보낸, 떼려야
뗄 수 없는 애증의 대상이 되었다.

Contents

PART 1

나란히 걷기

산책의 즐거움

　하루 두 번의 산책은 집 안에서 용변을 보지 않는 만쥬를 위한 최소한의 배려다. 아침에 한 번, 저녁에 또 한 번이라는 나름의 모토가 있기는 하지만 가끔은 그것도 여의치 않다. 태풍이나 장마가 오는 여름이나 폭설이 내려 손가락 하나 까딱하고 싶지 않은 추운 겨울, 감기나 몸살 혹은 지독한 숙취로 내 몸 하나 가누기도 쉽지 않아 자신도 모르게 네발로 기어 다니게 되는 아침에는 정말이지, "오늘은 패스!"라고 소리치고 싶은 마음뿐이다. 하지만 이 영리한 동물은 내가 무엇에 마음 약한지 이미 알고 있다.

　그래서 비 오는 날은 비 오는 날대로, 눈 오는 날은 눈 오는 날대로, 비옷이니 외투니 하는 것들을 챙겨 입고 나가야 하는 것이다. 간단히 동네 한 바퀴를 도는 짧은 코스부터 그리 멀지 않은 남산으로 가는 풀코스까지, 그때그때 정해진 것은 없어도 산책은 삼백육십오 일 반복되는 확실한 일상이 되었다.

이태원 연가

이태원은 출신성분이 다른 사람들의 땅이라는 뜻이 있다. 과거 임진왜란에도 그러했고 현재에도 그 모습은 이어지고 있다. 서로 다른 사람들이 모여 사는 동네니만큼 이국적인 분위기를 느낄 수 있는데, 이건 개들도 마찬가지다. 다른 동네에 비해 애견 인구의 비율이 월등히 높고 그만큼 개를 바라보는 눈길이 너그럽다. 혹은 '또 개가 지나가는군' 정도의 무심함. 큰 개에 대한 두려움의 눈이나 부담스러운 호들갑으로 맞아주지 않아 고맙다. 사이즈가 큰 중형견이라는 이유만으로 따가운 눈총을 받으며 눈치껏 산책을 시키곤 했던 예전과는 다르게 이제는 가벼운 마음으로 산책을 즐긴다.

지척의 남산에 가면 또 다른 세상. 운동복 차림으로 리트리버나 맬러뮤트 같은 대형견을 운동시키러 나온 사람들, 노부부와 함께 산책 나온 시츄 가족, 멋진 아가씨와 그림 같은 올드 잉글리시 쉽독, 주인아저씨와 같이 우직해 보이는 백구 등 일일이 열거할 수 없을 정도다. 그중에는 유난히 붙임성이 좋은 개도 있고, 수줍음이 많은 녀석도 있으며, 수다스러운 무리들, 부담스러운 호기심을 주체하지 못해 안달인 놈도 있다. 사람과 별다를 바 없어 보인다. 그다지 사교성이 없는 우리는 그들과 가까이 어울리지는 못하지만 잠시 벤치에 앉아 그 모습을 바라만 보고 있어도 좋다.

남산은 생각보다 넓고 구석구석 평지 코스도 있어 개와 함께 산책하기에 좋다. 봄에는 라일락, 아카시아 꽃향기가, 여름에는 초록으로 우거진 숲의 향기가, 가을에는 낙엽 타는 냄새가, 겨울에는 싸한 눈의 내음을 맡을 수 있는데다가 그 많은 개들의 체취가 더해졌으니 남산에 가면 만쥬는 항상 바쁘다. 냄새 맡으랴, 다시 그 위에 자신의 냄새를 덮으랴, 마음도 몸도 안달이다.

  볕 좋은 한적한 오후나 인적이 드문 밤이라도 만쥬와 함께 걷는 길은 외롭거나 무섭지 않다. 처음 집에서 나올 때의 귀차니즘과 무거운 몸, 복잡한 머릿속일랑 남산에 고이 묻어두고 돌아오는 길은 발걸음도 가볍다. 하나 둘 하나 둘 만쥬의 네발과 내 두 발이 어느새 착착착 맞춰지고, 다시 또 오자고 기약하는 사이 하늘에는 별이 총총. 오늘 밤은 모두 다 숙면 예감.

티베탄 테리어

티베트의 라마교도들이 소중하게 길렀던 '귀신을 쫓는 개', '행복을 부르는 수호견'. 순례자들의 길 안내자이자 양치기 보조견으로 양처럼 여름마다 털을 깎아 그 풍성한 털로 방한 천을 만들기도 했다. 지나치게 복종을 강요하면 고집불통이 되어버리는 경향이 있다. 전체적인 외모는 정방형으로 초연한 표정을 짓고 있으며 타인에게는 냉담한 반응을 보인다.

오, 만쥬.

나란히 걷기

밤이다. 기억의 중추를 간질이는 내음이 어디선가 불어오는 밤. 달빛을 받아 은보라 빛으로 빛나는 라일락 향기가 아른거린다. 호젓한 골목길을 나란히 걸었다. 맞잡은 두 손에는 땀이 배기도 하고 취기가 올라 우스꽝스럽게 기우뚱 어깨동무를 하기도 했었다. 각자 호주머니에 손을 넣고 수줍은 듯 조금 떨어져 느릿느릿 걸어도 좋았다. 그저 그 순간 함께 있다는 그 사실이 중요했을 뿐.

바스락, 소리에 아래를 보니 만쥬다. 지금도 나는 나란히 걷고 있다. 2인 3각 달리기만큼은 아니지만 신경을 쓰자면 꽤 품이 든다. 어느새 또 혼자 앞으로 나서서 걸으려 하는 만쥬를 저지하랴, 지나가는 사람이며 차들을 피해야지, 바닥에 떨어진 것들을 잘 살펴야지. 혹 팔자걸음인 내 발이 만쥬의 발을 밟을까 걸음걸이를 바로 한다. 이 모든 수고가 자꾸만 멋대로 걸어가려 하는 만쥬 때문이다. 아니, 제대로 가르치지 못한 내 탓이다. 한참을 또 네 탓 내 탓하며 투덜대다가 잠시 멈춰선 순간, 가로등 밑 은빛 안개 속으로 라일락 향기가 퍼진다.

가만히 사이로 스며든다.

개의 귀

생각해보면 사람의 귀도 이상야릇한 모양이지만
개의 귀도 그에 못지않게 그로테스크하다.
일단, 야들야들한 귀를 자유롭게 접을 수가 있다는 점,
그리고 가끔은 그 안에 털이 무성하게 자라있다는 사실.
종종 전자의 두 특성을 모두 지닌 사람도 있기는 하지만.
그러나 개의 귀가 가진 미덕은 그 안이 무척 깊다는 것.
마치 남의 말을 귀 기울여 듣겠다는 의지의 표상인 듯이.
사람과는 다르게도.

'내 귀는 소라껍데기. 바다의 소리를 그리워하네.'

- 장 콕토

이상형

한 친구는 와이어 폭스 테리어가 이상형이라고 했다. 불에 그슬린 듯 고슬고슬한 그 털이 마음에 든다는 것이다. '물론 예쁘긴 한데…… 내 스타일은 아냐'라고 말하자 친구는 곧바로 '그럼 네 스타일은 뭔데?'라며 묻는다. '음, 나는, 나는, 음……'

머리에 쥐가 나도록 열심히 생각해봤지만 별 뾰족한 답이 떠오르지 않았다. 친구가 돌아간 후 가만히 앉아 내가 늘 바라던 개를 떠올리려 온갖 방법을 동원해보지만 어느 하나 선명히 이미지가 그려지지 않는다. 개로 인해 이런저런 일들을 다 겪고보니 결국 내가 원했던 것은 나만을 바라보는 촉촉한 눈동자, 손가락 사이로 느껴지는 부슬부슬한 털, 사람보다 일 도쯤 높은 따뜻한 체온 등의 조합에 대한 막연한 동경이었던가 싶다. 한 시간 이상을 이런 결론을 위해 소진한 후 '그딴 것 개나 줘버리라지' 싶은 마음으로 만쥬 곁에 휙 돌아눕는다.

뭐 어때, 어차피 이상형은 이 세상에 존재하지 않는 거잖아.

개를 키우는 사람은 자기 자신의 어머니 품보다

더 확실한 무언가를 찾아낸 것이다.

– 로제 그르니에, 『내가 사랑했던 개, 율리시즈』 중에서

원하다

나는 꿈에 잠길 때마다 단 몇 분만이라도
우리 집 개의 뇌로 생각할 수 있기를 바랐다.
모기의 눈으로 세상을 바라볼 수 있기를 바라기도 했다.
세상의 사물이 얼마나 다르게 보일 것인가.
　　　　　– 마르틴 아우어, 『파브르 평전』 「꿈」 중에서

하루의 마무리

　나는 매일 밤 만쥬의 털을 빗는다. 하루의 일과를 마무리 하고 잠자리에
들기 바로 전에. 크게 집착하는 남다른 취미가 없는 나에게는 그것이 가장
큰 취미라고 할 수 있겠다. 평소 내 자신의 머리도 잘 빗지 않는 내게는, 참
빗처럼 촘촘한 빗으로 머리부터 발끝까지 짯짯이 털을 훑어 내려가는 이십
여 분간의 그 행위가 하루를 마감하는 엄숙한 의식과도 같은 것이다. 만쥬
의 겨드랑이 밑의 뭉쳐 있던 털을 인내심을 가지고 주의 깊게 뜯다보면 답
답한 한 뭉치의 내 마음도 덩달아 토해진다. 그 카타르시스는 술집에서도
노래방에서도 헬스장에서도 찾을 수 없는 강렬하고도 단순한 것이라 매일
밤 나는 빗을 든다.

깨달음

개와 함께하는 생활의 팔 할이
산책이라는 것을 깨닫게 된 것은
아주 최근의 일이다.
훈련은 바위를 뚫는 낙숫물과도 같은 일.
그런 인내심을 요구한다는 것도.

작명의 중요성

흔히 '이름 따라 간다'는 말을 한다. 사람 이름을 지을 때 사주에 맞춰 음양오행을 따지고 영화는 제목만으로도 흥행 여부를 미리 점칠 수 있다며 제목 짓는 데 전전긍긍하는 것처럼 개의 이름도 작명이 중요하다.

최초의 나만의 개였던 달리. 어릴 적에 생각했던 그 많은 이름들은 떠오르질 않고, 그저 멋들어진 이름을 짓고 싶은 마음에 당시 빠져있던 살바도르 달리의 이름을 따서 지은 이름이었다. 그리고 실제로 달리는 현실적으로 이해하기 힘든 행동만을 일삼는 개가 되어 나의 마음을 진정 어지럽게 만들었다.

한편 하쿠는 애니메이션 〈센과 치히로의 행방불명〉의 미소년 하쿠의 이름을 딴 것이었다. 조각 같은 옆얼굴이 매력적인 것은 주인공과 빼닮아 좋았는데, 용으로 변신하는 두 얼굴의 무서운 면모까지 닮아버린 것이 낭패였다.

만쥬는 어떨까? '얌전하고 스위트한 아이야'라고 모두들 입을 모아 평한다. 룸메이트가 그런 일본식 과자류를 좋아해 붙인 이름이라는데 한 입 베어 물면 입안에서 사르르 녹을 듯한 그 달콤한, 끊을 수 없는 디저트의 유혹 그 자체다. 다만 그 속이 밤인지 팥인지 겉으로는 알 수 없는 의뭉스러움이 단점이라는 의견 역시 압도적이다.

눈동자

조그만 구슬 속에 세상이 가득 차오른다.
이 넓은 우주에 홀로 서 있던 나는
네 안에서 비로소 가장 큰 존재가 된다.

난 단지 시끄러울 뿐이고

불러도 오지 않는다. 항상 잡힐 듯 말 듯한 애매한 거리에 위치한다. 애교 같은 것은 애시당초 기대하지 않는 편이 좋다.

어떤 개들은 주인이 슬퍼할 때 눈물도 닦아준다는데 만쥬는 그다지 살가운 편이 아니다. 그런 만쥬도 잘하는 것이 하나 있었으니 그것은 바로 싸움을 중재하는 일이었다. 서로 다른 두 사람이 함께 살면서 싸우지 않을수 없고 나와 룸메이트도 가끔은 감정이 격해져서 언성을 높이곤 했다. 그럴 때면 만쥬가 근심스러운 표정으로 나타나 둘 사이를 가로막고 꼬리를흔들어댔다. 개 입장에서는 화를 내는 사람의 행동이 마치 폭력처럼 느껴질 수도 있다고 하는데, 그래서인지 아니면 순수하게 우리를 걱정하는 것인지는 절대 알 수는 없다.

어쨌든 만쥬의 그런 모습은 성난 마음을 누그러뜨리는 힘이 있어 거창한화해까지는 아니어도 심각한 분위기를 부드럽게 전환시키기도 한다.

한마디로 정의하기

의뭉스럽다 : [형용사] 겉으로 보기에는 어리석어 보이나
속으로는 엉큼한 데가 있다.

아무것도 모른다는 듯,
짐짓 쿨한 척 때론 관심 없다는 눈빛.
암만 봐도 그 속을 알 길이 없다.
아무래도 한 수 배워야겠다.

숨

나는 기다린다.
기다리고 또 기다린다.
기다리라고 했던가, 기다리지 말라고 했던가.
기다림은 내가 가진 최고의 미덕이다.
지나가는 사람의 발자국 소리,
자동차 엔진이 꺼지는 소리에도 내 귀와 온몸은 반응한다.
집 안은 그저 고요하다.
공연히 기웃거리며
이 방 저 방을 내 숨소리로 채운다.

유유자적한 삶

동물과 함께 살아가는 사람들은 모두 고즈넉한 시골에서의 삶을 한 번쯤은 꿈꿀 것이다. 널찍한 집과 마당. 아니 넓은 집까지는 아니어도 자연과 이웃한 너른 마당을. 짖지 마라, 울지 마라 이런저런 제약 없이 자유롭게 그 공간에서 뛰어 노는 자신의 개들을 흐뭇한 눈으로 바라보는 그런 상상. 일찌감치 저녁을 지어 먹고 뉘엿뉘엿 해지는 방향으로 함께 목적 없이 걸어가다, 야트막한 언덕에 잠시 앉아 쉬다 오기도 하는 그런 로망.

코인 빨래방에서

어느 쌀쌀한 새벽, 낯선 동네의 코인 빨래방에서 생각에 잠긴다.
도대체 내가 여기서 무엇을 하고 있는지.
대형 세탁기의 문을 열고 만쥬가 실례한 카펫을 밀어 넣으며 한숨을 쉰다.
도대체 넌 누구시길래 나를 이렇게 힘들게 하는지.
일천오백 원어치의 세제를 사 넣고
사천 원의 요금을 밀어 넣으며 떠올린다.
도대체 이것이 몇 번째의 반복인지.
빙글빙글 돌아가는 세탁기를 바라보며 다시 생각한다.
한 번 더 돌려야 하지는 않아야 할 텐데.
다시 한 번 세제를 사 넣고
투입구에 오백 원을 여덟 번 밀어 넣으며 분노한다.
이 자식 너를 용서치 않겠어.
다시 빙글빙글 돌아가는 이십구 분 동안 곱씹어 생각해본다.
차 안에서 기다리는 만쥬는 아마 추울지도 몰라.
만쥬도 일부러 그런 것은 아닐 거야.
모든 것이 멈추고 보송보송한 카펫을 꺼내 만쥬에게 달려간다.

어서 가자, 따뜻한 우리 집으로.

만쥬의 하루

하루에 열여덟 시간 이상, 잠을 잔다.
보통의 고양이보다도 긴 수면시간이다.
하루에 두 번, 아침저녁으로 산책을 한다.
오후에 잠시, 대화와 놀이 시간이 있다.
저녁이 되면, 밥을 먹는다.
가끔은, 텔레비전 시청이나 영화 감상을 즐기기도 한다.
손님이 오면, 삼십 초에서 수 분 정도 탐색한다.
잊고 있었다는 듯, 한 번쯤은 갑자기 인형과 씨름하기도 한다.
모두가 잠이 들기 전, 털을 빗는다.

심플하지 않은가,
부럽지 않은가.

감탄했어

지치지 않는 네 개의 다리.
무엇도 놓치지 않는 강렬한 시선.
날 향해 항상 열려 있는 두 귀.
변함없이 내게 돌아오려는 네 의지.
반복되는 실패에도 포기하지 않는 그 끈기.
어리석을 만치 우직한, 무조건적인 믿음.
언제나 나를 반기는 네 꼬리.
삶의 고단함을 닮은 서글픈 발바닥.

그러나 언제나
눈빛, 눈빛
그 눈빛에 반했어.

꿈속에서

만쥬는 내게 말했다.
'나는 이게 너무 좋아.'
평소의 쑥대머리와는 다른 우아한 자태,
귀티가 흐르는 모습으로
만쥬는 작은 잔에 든 카페라테를
홀짝, 마신다.

　당신이 만약 비위가 몹시 약하다면 배탈이 난 개의 엉덩이를 씻겨줄 수 있을까. 당신이 만약 항상 청결한 환경을 유지하고자 하는 강한 욕구가 있다면 방구석에 굴러다니는 털 뭉치들을 보고도 평정심을 유지할 수 있을까. 당신이 만약 사람들과 어울리길 좋아하는 사람이라면 토요일 새벽 한 시 삼십 분, 모두의 만류에도 홀로 외로이 있을 당신의 개를 생각하며 술에 취해 엉킨 스텝으로 삼십 분을 걸어 집에 갈 수 있을까.

　당신이 만약 진정한 휴식을, 십 분의 늦잠을 간절히 원하는 사람이라면 삼백육십오 일 매일 아침과 저녁, 비가 오나 눈이 오나 변비나 숙취에도 상관없이 항상 목줄을 쥐고 뛰쳐나갈 자신이 있을까. 당신이 만약 참을성이 부족한 사람이라면 아옹다옹 미친 듯이 짖어대고 싸워대는 아비규환과도 같은 그 순간에도 눈물을 참을 수 있을까.

　생각해보면 내가 원하는 삶을 살기 위해 원치 않는 수많은 부수적인 것들을 해야 하는 것, 그것이 바로 개와 함께하는 삶인지도 모른다.

유언장

독신으로 살면서 개 두 마리를 키우는 어떤 사람의 컴퓨터 바탕화면에는 유언장이 있다는 이야기를 들었다. 자신이 갑자기 세상을 떠나게 되면 남겨진 개들을 관리해줄 수 있는 곳으로 보내달라는, 상당히 구체적인 내용의 유언장이라고 했다. '과연'이라는 생각이 든다. 혼자 사는 삶은 인생의 가치를 어디에 두느냐에 따라서 남들이 생각하는 것만큼 외롭지 않다고 생각해왔지만 남은 개들의 거취를 생각하면 외로움은 문제도 아니다.

가끔은 모든 것이 공허하기만 하고 의미를 찾을 수 없는 순간이 온다. 나만을 바라보는 어떤 존재를 뒤로 남기고 떠나야만 한다는 사실에의 자각은, 종종 가늘어지려는 삶에 대한 집착의 끈을 두텁게 만들어준다. 흔히 하는 말마따나 애들 때문에 살고, 애들 때문에 버티는 것이다.

왜 사람들이 결혼을 하고 아이를 낳는지 이제 조금은 알 것도 같은 기분. 깨달음이 더디지만 착실하게 다가온다.

가끔은 생각해볼 일이다.

동네 한 바퀴

나른한 오후,

신발 끈을 묶는다.

이제 나서야지.

PART 2

나는 왜 개를 사랑할까

사실은

전생에 나는 개였을지도 모른다.
달리 그 이유 말고는
무엇도 설명되지 않기에.

: 〈신데렐라〉, 윌리엄 웨그만, 피그먼트 프린트, 69.8×59.7cm, 1994.

지금으로부터 십오 년 전, 한 사진집에서 잿빛 개를 발견하고 문화적 충격에 휩싸인 동시에 사랑에 빠져버렸다. 나를 사로잡은 것은 윌리엄 웨그만이라는 사진가가 자신이 키우는 와이마라너 종의 개들을 의인화한 〈신데렐라〉라는 작품이었다. 그의 작업은 사진에 대한 호기심을 불러일으켰고, 난생 처음 보는 독특한 용모의 개들, 그리고 그들의 눈빛은 내 마음을 흔들어 놓았다.

지옥에서 온 강아지 달리

좌절이나 슬픔을 있는 그대로 극복하기보다는
섣불리 다른 대상으로 대체하려 했던 것,
그것이 나의 최대 실수였다는 것을,
그리고 그것이 모든 것의 시작이었다는 것을 알게 된 것은
이미 많은 일들이 지난 후였다.

촬영한 필름과 카메라를 모두 도둑맞고
허탈한 마음으로 바라본 대상은 청계천의 동물 상가,
철장 안의 강아지였다. 촬영 때문에 그곳에서 빌렸던
이구아나며 새 등의 동물들을 되돌려주러 가야만 했던 것이다.
허망한 마음을 달랠 길 없어
'이럴 때 개라도 한 마리 있었으면……'이라며 중얼거리던,
실의에 빠진 나를 북돋워주고자 친구가 선물해준 개가 바로 '달리'였다.
그러한 상황에서 개를 키우게 된다는 기쁨은 실제보다 부풀려져
과대평가 되었고, 나는 앞으로 벌어질 일들이나 상황을 고려하지 못하는
눈뜬장님이 됐으며 인터넷 너머 이곳 저곳을 기웃거리게 됐다.

수소문 끝에 경상남도 어딘가에 와이마라너 종을 분양하는
농장이 있다는 것을 알게 된 친구와 나는 두근거리는 마음으로 밤을 샜고
새벽에 출발해서 해가 뜨기 바로 직전에 농장에 도착했다.
그 길은 영화 〈멀홀랜드 드라이브〉의 을씨년스러운 밤의 고속도로 같은,
영원히 끝나지 않을 것만 같은 길이었다.
인가에서 조금 떨어진 농장은 바람이 부는 황량한 언덕 위에 자리 잡고 있었다.
곳곳에 울타리가 쳐진 견사가 수십 개,
그곳에 갇혀 낯선 자들을 향해 짖어대던,
줄잡아도 백여 마리는 되어 보이는 개들이 아직도 눈에 선하다.
그곳을 사육장이라고 불러야 할지
다른 무엇이라고 해야 할지 알 수 없었다.
모든 개들이 제대로 관리가 되고 있는지도 의심스러웠다.
언덕을 조금 더 올라가 당도한 한 견사에는 대리모로 보이는
삐쩍 마른 포인터 한 마리와 달랑 한 마리의 와이마라너 종 강아지가 있었다.
두세 마리의 강아지가 있으니 살펴볼 수 있음을
전화로 재차 확인하고 왔건만, 사실은 먼 길을 달려온 나에게
애초부터 선택의 여지란 없었던 것이다.
벌써 말라버린 엄마 젖 대신 다른 개의 젖을 얻어먹고
뼈만 앙상하게 남은 강아지, 튼튼하고 성격 좋은 형제들은
이미 다 주인을 찾아가고 홀로 남아 누구에게도 입양되지 못한 강아지,
그게 바로 달리였다.

원래 동물들은 사람이 눈을 똑바로 응시하면 불편해한다지만
이 녀석은 유달리 사람의 손을 두려워하고
겁에 질려 두 눈의 초점을 흐리곤 했다.
나를 바라보는 두 눈은 마치 어색한 친구의 눈을 똑바로 바라볼 수 없어
슬며시 귀를 쳐다본다거나 하는 사람처럼 투명하지 못하고 아리송했다.
바람이 부는 모래언덕, 그 속에서 태어난 지 겨우 석 달밖에 안 된 아이는
나와 교감할 수 있는 존재, 내가 늘 바랐던 꿈의 강아지는 아니었다.
하지만 암만해도 그 눈빛이 낯설지가 않았다.
이성은 계속 이 녀석을 선택하지 말라고 나를 종용했지만
내 품에는 이미 바들바들 떠는 녀석이 안겨 있었다.

무엇을 담고 있는지 알 수 없는 호박색 눈빛,
신비롭고도 음산한 느낌을 주는 잿빛 털.

범상치 않은 달리의 용모를 본 한 친구는
'지옥에서 온 강아지'라는 아름답지 않은 이름을 붙여주었고,
나는 이해할 수 없는 정신세계를 가진 예술가, 살바도르 달리의 이름을 따서
'달리'라는 이름을 붙여주었다.
그렇게 우리의 고난은 시작되었다.

성장통

달리가 처음 집에 오던 날, 준비하고 자리를 만들어주었다. 그러나 갑자기 바뀐 환경 때문인지 불안에 떠는 그 눈빛과 애처로운 몸짓에 굴복하고 결국 나는 무릎을 내어주고 말았다. 그리고 그날 이후, 달리는 쑥쑥 자라 삼십오 킬로그램이 되고 나와 함께 파리에 가고 헤어지는 그 순간까지 내 다리를 침대 삼아 잠이 들었다. 내가 꿈꿨던 '개와 함께하는 미래의 모습'은 저린 다리를 주무르며 매일 새벽잠을 설치는 그런 그림은 아니었다.

심약한 품성의 달리는 소음이나 낯선 상황을 두려워했고 모든 개들의 로망인 산책도 관심이 없었다. 집이 아니면 용변을 보지 않았고 집이 가까워지면 안도하듯 빨리 돌아가려 안달이었다. 대형견은 많은 에너지 소모가 필요한데 산책이나 놀이 등으로 넘치는 힘을 적절하게 풀어주지 못한다면 남은 것은 단 하나, 집 안을 파괴하는 일뿐이다.

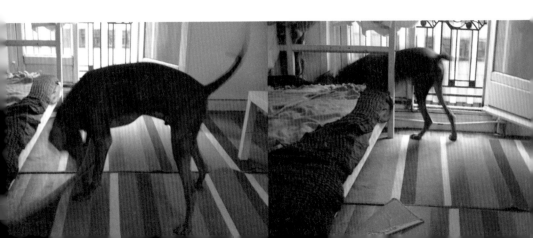

당시 인터넷에 심심찮게 돌아다니던 우스갯소리가 있었다. 삼대 재앙견으로 불리던 세 견종에 대한 이야기와 사진인데 그들이 파괴한 집 안을 보자면 제 아무리 부처님 가운데 토막이라 하는 사람도 경악을 금치 못할 것이다. 달리도 그에 못지않았다. 각종 장난감은 물론이고 눈에 가장 잘 보이는 손쉬운 책들부터 시작해서 침대 다리며, 매트리스 등의 가구를 망가뜨리는 일은 다반사. 매번 창고 문을 어떻게 열고 들어가 그 안의 잡동사니들을 끄집어냈는지는 아직도 모르겠다.

게다가 덩치가 큰 탓에 집에 놀러 오는 사람들은 모두 달리에게 한 번쯤은 내동댕이쳐진 듯한 충격과 달리의 꼬리로 뺨을 맞는 아픔을 느껴야만 했다. 공격성은커녕 겁 많은 달리 입장에서 나름대로 반갑다는 애정표현을 한 것뿐인데.

그런 걸까, 성장에는 반드시 이런 아픔이 수반되는 것일까?

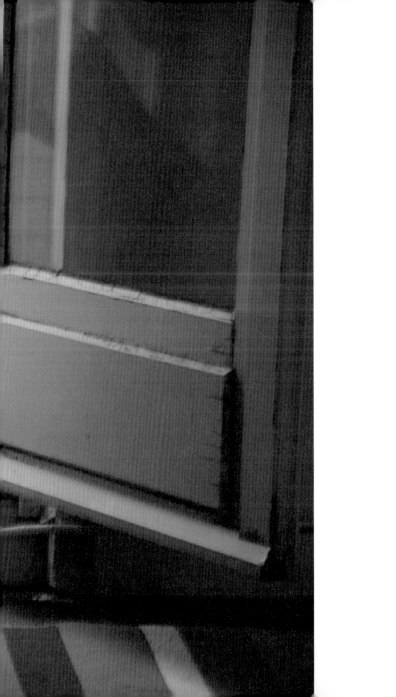

파리로 가다

학교를 졸업하고 공부를 계속하기로 했다. 그렇다면 달리는 어떻게 해야
하나. 어떤 식으로든 지금과는 다른 미래가 있다는 것을 알지 못했던 나에
게는 무책임한 인간이 되는 것 외에는 다른 길이 없어 보였다. 그러나 그럴
수는 없었다. 어찌 보면 다른 의미에서 무책임한 결정일 수도 있었지만 나
는 결국 달리를 데리고 가기로 했다. 앞으로 어떤 일이 펼쳐질지 모른 채 내
린 결정이었다.

프랑스는 가까운 영국에 비해 동물의 입국절차가 맥이 빠질 만큼 간단했
다. 접종을 하고, 마이크로 칩을 이식하고, 비행기 표를 사면 끝. 파리 공항
에 도착했을 때 달리는 내가 비행기에서 내리기도 전에 나보다 먼저 나와
기다리고 있었다.

나는 이렇게 분리불안증을 극복했다

열 시간 동안 비행기를 탄 후유증일까? 갑자기 바뀐 낯선 환경에서의 자연스러운 반응이었는지는 몰라도 달리의 분리불안증이 심해졌다. 어렵게 구한 집은 지은 지 일백 년이 넘은 건물이라 가뜩이나 방음이 부실한데, 내가 없으면 달리가 울어대는 통에 온 건물이 난리였다.

사태는 예상보다 심각했다. 아래층에서 쪽지를 보내오고, 관리인이 개가 자꾸 짖으면 경찰을 부르겠다는 경고도 했다. 나는 일단 모든 일을 작파하고 친구들이 사식처럼 넣어주는 음식을 먹으며 달리와 함께 파리에 적응하기로 했다. 한국에 있을 때에도 무료함에 가구 등을 씹곤 했지만 이렇게 짖거나 울지는 않았는데. 마침 나에게는 인터넷도, 전화도, 텔레비전도, 냉장고도, 거울조차도 없었다. 어찌 보면 무언가를 하기에 가장 완벽한 환경일 수 있었다.

시작은 이렇다. 외출을 하고 일 분 후에 다시 돌아온다. 기다리면 내가 반드시 돌아온다는 것을 알려주기 위한 훈련이었다. 그리고 점점 떨어져 있는 간격을 늘린다. 말이 쉽지 사실은 지난한 과정이 아닐 수가 없다. 하루, 이틀, 사흘…… 일주일 정도가 지났다. 이 정도면 괜찮겠지 싶어 집을 오래 비우면, 달리는 어김없이 또 울고 있었다.

조금씩 방법을 바꿔본다. 혼자라는 느낌이 들지 않도록 라디오를 틀어주고, 신선한 바람을 쐴 수 있도록 안전하게 창문을 열어주고, 내 체취를 맡으면 안정이 될까 싶어 곁에 옷도 넣어준다. 혼자 있을 때 휴식을 취하기 쉽도록 외출 전 산책의 강도를 높인다. 등등의 일들을 행한 지 한 달 남짓. 간절함이 있기에 포기가 빨리 찾아오는 것을 막을 수 있지 않았을까? 나는 사료 포대를 짊어지고 낯선 언덕을 오르락내리락 할 수 있을 만큼 단련되었고, 달리는 마음의 안정을 찾게 되었다.

파리 생활의 진정한 시작이었다.

ILLON
HALTE AU TRAFIC CRIMINEL
DES ANIMAUX
complice ous n'agissons pas
Paris Cedex • Tél. : 01.43.80.40.66
SPA

이름 모를 새

우리는 매일 동네를 산책했다. 파리 1구역 가장자리에 아슬아슬하게 위치한, 주로 은퇴자들이 살던 조용한 동네였다. 집 근처 공원에는 온갖 새들이 많은데 가끔은 밤의 적막을 청량한 소리로 덮어버리는 이름 모를 새가 있었다. 우리는 가만가만 그 소리를 들으며 골목을 돌고 또 돌았다. 빵집을 지나 세탁소로, 다시 공원을 끼고 작은 카페를 지나 집으로. 이상하리만치 이국적인 소리였다. 누군가 CD를 틀어놓은 것 같은 생생한 이질감에 때로는 이곳에는 달리와 나 우리 둘뿐이라는 쓸쓸한 마음이 들기도 했다.

paris je t'aime

지구상에서 가장 로맨틱한 도시, 파리. 그러나 우리에게는 낯설고 두려운 타지였을 뿐 포근한 안식처가 되어주지는 않았다. 달리와 함께 떠나기로 결심하기까지는 많은 고민의 날들이 있었다. 만약 다른 결정을 내렸다고 해도 내 마음은 편하지 않았을 것이다. 어떻게든 달리를 책임져야 한다고 생각했다. 내 상황이 달라졌다고 해서 달리를 버리고 혼자 파리로 떠날 수는 없었다. 내 몸 하나 의지할 곳 없는 타지에 개를 데려가다니. 그것도 웬만한 초등학생 덩치의 개를. 무모한 생각이었고 어리석은 판단이었지만 그 순간의 나는 세상에서 가장 긍정적인 사람이 되기로 결심했다. 낯선 곳에서 서로가 서로를 위해줄 수 있을 것이라고. 다행히도 그 생각은 절반 정도는 맞았다.

달리가 있어 새로운 것들을 접할 기회를 놓치기도 했지만 파리에 도착한 순간부터 다시 서울로 돌아오는 순간까지 나는 달리로 인해 말 그대로 울고 웃었다. 달리는 나를 기다려주는 유일한 가족이었고 나를 필요로 하는 유일한 존재였다. 달리가 있어서 낯선 도시에서도 외롭지 않았다.

지금이라면, 나는 어떤 선택을 하게 될까.

굳은 결의를 망각하고 같은 실수를 되풀이 하며, 꼭 지켜야 할 약속을 깨뜨리거나 감당할 수 없는 문제는 적당히 회피하는, 이른바 '하지 않았으면 정말 좋았을 일들'로 하루를 보낸 날 밤이면 죄책감에 온 입 안이 쓰다.

그리고 달리를 생각한다.

어떻게든 끝까지 함께하겠다며 파리에 데리고 갔었지만 한국에 돌아와 부모님 집으로 들어가게 되면서 달리를 떠나보내야 했다. 내가 할 수 있는 일은 오직 파양되지 않을 곳으로, 지금보다 더 잘 지낼 수 있을 곳으로 달리를 보내주는 일뿐이었다.

일련의 괴로운 과정들에 비해 달리를 보내던 순간은 의외로 담담했지만 그것은 반동의 표현이었는지도 모르겠다. 세상의 모든 이별은 어떤 방식으로든지 상처를 남기는 법이다. 달리를 떠올리지 않으려, 화제에 올리지 않으려 애를 쓰던 날들도 있었고 그저 길에서 지나가는 개들만 보아도 눈시울이 벌게지던 때도 있었다. 그러다 어느 날은 달리의 얼굴이, 우리가 함께 나눈 시간들이 기억나지 않기도 했다.

잊어서는 안 된다. 가끔은 모든 걸 잘 해내고 있다는, 내 판단이 옳다는 만족과 교만의 경계에 서서 나는 달리를 생각한다.

그리고 또다시 가족

　나는 우연히 한 사람을 만났고, 친구가 되었으며, 그와 함께 살아온 개들을 만나게 되었다. 우리는 여느 사람들처럼 차를 마시고 이야기를 나누며 밥을 먹기도 하고 때로는 의기투합하여 서로의 일과 작업을 돕기도 했다. 그리고 생활의 터전을 나누며 함께 일을 하기로 결정한 순간, 숨겨져 있던 부록처럼 하쿠와 만쥬는 내 인생에 들어왔다. 다시는 하지 않겠다고 맹세한 일을 하게 된 것이다. 개와 함께하는 삶을.

사람이 온다는 건 실은 어마어마한 일이다.

그는 그의 과거와 현재와 그리고 그의 미래와 함께 오기 때문이다.

한 사람의 일생이 오기 때문이다.

― 정현종, 「방문객」 중

꽃이 되었네

주인인 룸메이트에 대한 무서운 집착으로 스토커라는 불명예스러운 별명을 가지고 있는 만쥬는 본디 넘버3으로서 형님인 하쿠에게 늘 기를 펴지 못하고 눈치를 보며 살아왔다. 서열 1위인 룸메이트와 영국에서 생활했던 둘은 사정상 한국으로 먼저 돌아와 일 년여 간 시골에서 생활했었다고 한다. 미우나 고우나 다정했던 때도 있었건만 어느 날 만쥬가 돌변해 장흥의 난을 일으켰다. 하쿠와 물고 뜯는 싸움이 그치질 않아 만쥬는 상처투성이가 되어 홀로 서울로 입성했다. 주인과 떨어져 지내다보니 서열이 무너진 것이다. 여자를 놓고 싸운 것이라는 설도 있으나 그들은 늘 속 시원히 무엇 하나 말해주지 않아 진상을 알 길은 없다.

몸집도 나이도 비슷한데다 스타일은 다르지만 둘 다 집요한 구석이 있어 이러다 하나가 죽지 싶었다고 했다. 그래서 그중 상태가 심각한 만쥬만 데리고 온 것이라고 하는데 만쥬는 그걸 자신의 난이 성공했다는 기정사실로 받아들였는지도 모르겠다. 그리하여 만쥬는 자칭 2인자로 급부상했지만 언제고 하쿠가 다시 돌아와 자신의 자리를 노리지 않을까 전전긍긍했고, 새로이 나타난 나라는 존재는 아예 초장부터 무시로 일관했다.

원래부터 남의 개라고 생각하면 신경 쓸 일이 없지만 일단 그의 이름을 불러 그가 내게로 와서 꽃이 된 그 순간부터는 얘기가 달라지는 법이다. 엄밀하게 소유의 개념으로만 접근한다면 하쿠와 만쥬는 내 개가 아닐지도 모른다. 그러나 단순히 같은 공간을 나누는 존재들이라고 말하기에 우리는 상당히 밀착되어 있었다. 어느 순간 나는 보이지 않는 선을 넘었고, 자연스레 마음을 줘버렸다.

　기쁨과 슬픔을 나누는 사이.

　우리는 가족이 되었다.

fallen from the sky

지붕 위의 고양이처럼 자유롭게 4층 옥상 난간을 사뿐사뿐 걷던 만쥬는 비 오던 어느 날 빗물과 함께 추락했다. 룸메이트가 말하길, 그날 어디선가 개가 우는 소리에 밖을 내다보니 옥상에 있어야 할 만쥬가 골목 저편에서 부터 울면서 걸어오고 있었다고 했다. 어디 한 군데 부러진 데 없이, 겉으로 보이는 상처 하나 없어 과연 옥상에서 떨어진 것이 맞나 싶을 정도였지만 정황상 분명히 그랬다. 황급히 병원에 데리고 가서 이런저런 검사를 했지만 자세한 것은 모든 내부 기관이 안정된 열두 시간 이후에나 알 수 있다고 했다. 회사에 있던 나도 정신없이 달려왔고, 무슨 문제가 있을지 걱정은 됐지만 겉으로는 괜찮아 보여 일단은 집으로 돌아와 기다리는 수밖에 없었다.

밤 열두 시가 지나 연락을 받고 달려간 병원에서 들은 이야기는 놀라웠다. 겉으로는 아무런 문제가 없어 보였는데 방광이 파열됐다는 것이다. 다행인지 불행인지 방광에는 소변이 가득 차 있었고 그 때문에 추락의 충격을 방광이 모두 흡수해버린 것 같다고 했다. 그러나 긴급 수술이 필요하고 수술을 한다고 해도 살아날 가능성은 오십 퍼센트 정도뿐이라고 했다. 정신이 아득해졌다.

수술이 진행되는 몇 시간 동안 수많은 생각들이 뇌리를 스쳤다. 내가 아침에 출근한 바로 뒤에 이 모든 일이 일어난 것이다. 아마 만쥬는 내가 문을 열고 나가는 소리를 듣고 궁금한 마음에 밖을 내려다보다 떨어진 것일지도 모른다. 늘 옥상에 있는 만쥬가 난간을 걷는 것이 위태로워 보여 그것을 막자고 이야기를 하던 터였다. 좀더 강력하게 주장했어야 했나. 집안이 답답해서 올라가 있는 옥상도 다르지 않았겠지만 안전이 제일 중요했던 것인데, 그것을 막았어야 했는데…….

달리와 헤어진 후 만쥬를 만나 마음을 주지 않으려고 애써 노력했던 것이 이런 식으로 나타나게 된 걸까? 내가 마음을 더 썼었다면 이런 사고는 미연에 방지할 수 있었을 것이라는 죄책감이 들었다. 다행히도 수술은 성공적이었고, 회복하는 와중에 수술부위가 터져버려 또 한 번 가슴을 쓸어내린 일도 있었지만 만쥬는 완전히 회복에 이르렀다. 이참에 공짜로 참외배꼽을 성형하는 행운을 누리면서.

서열

처음 만쥬를 만났을 때, 사실 나는 다시 개와 함께할 준비가 되어 있지 않았다. 더군다나 우리가 이렇게 함께 살게 될 것이라고는 전혀 예상하지 못했다. 달리와 헤어진 후 다시는 개를 키우지 않겠다고 다짐했던 터라 쉽사리 만쥬에게 마음을 열지 못하고 다소 의도적으로 거리를 두기도 했었다. 그러나 만쥬가 옥상에서 떨어진 사건으로 내 마음은 단숨에 무장해제되고 말았다. 무언가가 결핍된 존재는 아련하게 마음속을 파고드는 법이다.

만쥬 입장은 어떨까? 역시 새롭게 나타난 나의 존재가 그리 달갑진 않던 모양이다. 치열한 서열 다툼 끝에 하쿠를 시골에 남겨놓고 서울로 금의환향, 겨우 한숨 돌린 지 얼마 되지 않아 나를 만났으니 말이다. 영역표시를 하듯 보란 듯이 내 배게며 이불에 실례를 하곤 했다.

시작이 그래서였을까? 함께 생활한 지 어언 삼 년이 넘어가는 지금까지도 나는 이 집안의 서열 3위다.

엄마의 마음

텔레비전에 나오는 놀라운 개들을 볼 때가 있다. 의젓하고 예의 바른 것은 기본이요, '손!'이며 '빵!' 하는 정도의 재주야 평소에도 흔하다지만 개가 외줄을 타고 덧셈 뺄셈까지 하는 지경이면 더 이상 개로 보이지 않는다. 뿐만 아니라 요즘 국민 견으로 사랑받는 일부 개들을 보면 마치 공부도 잘하고 잘생긴데다 돈까지 잘 버는, 말하자면 애견계의 '엄친아들'을 보는 것 같다. 감탄사가 절로 나온다.

평소에는 아무 생각 없다가도 그럴 때면 자동적으로 만쥬를 부르게 된다. 이런 내 마음을 아는지 모르는지 만쥬는 불러도 대답 없는 이름이 되어 소파에서 잠만 자고 있다. 만쥬, 너도 저기 빨간 공 좀 가져와 봐. 너는 왜 저걸 못하니? 너도 CF 좀 출연해주면 안 되겠니? 나의 방백은 오늘도 주구장창 늘 같은 스토리. 그런데 말할 때마다 입에 착착 붙는 것이 웬지 어디서 많이 듣던 타령인데…… 귀찮다는 듯 눈만 끔뻑하는 만쥬를 보며 불현듯 엄마를 떠올린다.

그래,

엄마도 이런 마음이겠지.

양날의 검, 훈련소

  먹고 사는 일에 바빠서 임시로나마 만쥬는 집에서, 하쿠는 시골에서 생
활하는 와중에도 둘 사이를 어떻게 해결해야 하는지에 대한 고민은 끊이지
않았다. 사실 룸메이트와 내가 직접 문제를 해결하기에는 각자 취약점이 있
었다. 덩치가 작은 아이들이 아니다보니 그 싸움을 뜯어말리느라 다치기도

했던 룸메이트. 하쿠와 만쥬 둘 다 만난 지 얼마 되지 않아 그 둘에게 나를 각인시키는 것만으로도 벅찬 나날을 보내고 있던 나. 우리는 고민 끝에 훈련소의 힘을 빌리기로 결정했다.

훈련은 모두 비슷하게 할 것이란 전제하에, 결국 가두기만 하지 않고 평소에도 운동을 충분히 시키는 곳, CCTV가 있어 집에서도 개들의 모습을 볼 수 있는 곳, 일주일에 최소 한 번은 오갈 수 있는 거리의 접근성이 좋은 곳을 골랐다. 지금 생각해보면 훈련사의 실력과 인품, 개에 대한 훈련관이 가장 중요한 조건이며 훈련 방법과 스케줄, 평소 생활과 환경, 견주의 훈련 참여도 등도 꼼꼼히 따졌어야 했다.

그 훈련소에는 만쥬, 하쿠와 같은 이유로 훈련소에 왔던 사이 나쁜 삽살개 두 마리가 있었다고 한다. 그들은 몇 달의 훈련 끝에 다행히 사이가 좋아져서 퇴소하고 집으로 갔지만, 결국 한 마리가 다른 한 마리를 물어 죽였다고 했다. 우리가 상상하는 최악의 시나리오였다. 비등비등한 체격과 비슷한 나이의 하쿠와 만쥬도 얼마든지 서로를 끝까지 몰고갈 수 있을 터였다.

겁부터 났지만 해볼 수 있는 데까지 해보기로 했다. 총 넉 달의 기간에 걸쳐 훈련소 적응과 기본 복종 훈련, 둘 사이의 싸움 교정을 시키기로 했고, 우리도 산책하는 법과 함께 기본 복종 훈련을 함께 체험할 수 있다고 했다. 마주치기만 해도 서로를 잡아먹을 듯 난리를 쳐 일촉즉발의 통제 불능 상태였던 그 둘은 시간이 지날수록 어느 정도 나아지는 듯했다. 우리가 언제 원수였냐는 듯 나란히 앉아 훈련사의 지시에 얌전히 따르는 둘의 동영상을 본 순간, 내 눈을 의심하기도 했으니까.

그러나 퇴소하여 집으로 돌아온 후, 둘 사이의 평화는 다시 깨지고 말았다. 어느 날 좌-만쥬 우-하쿠, 이렇게 줄을 잡고 산책하던 나는 낮게 으르렁대는 소리를 들었고, 갑자기 둘은 누가 먼저랄 것도 없이 격렬하게 짖으며 서로에게 덤비기 시작했다. 혹시 모를 사태에 대비해 같이 산책시킬 때는 입마개도 착용시켰었는데 설상가상으로 하쿠의 입마개가 벗겨져버렸다. 공포가 밀려왔다. 식은땀을 흘리며 최악의 상황을 막기 위해 노력했지만 도와줄 사람 없이 몇십 분째. 홀로 통제하던 나도 지쳐갈 무렵 만쥬는 거의 실신 상태로 바닥에 누워버렸고, 하쿠도 기력이 쇠해 엎드려버렸다.

다행히 별다른 일 없이 그 정도에서 멈췄지만 그날 이후 둘을 함께 산책시키는 일은 힘들게 됐다. 내가 그 순간을 떠올리기만 해도 두려웠던 것이다. 훈련소에서 보았던 그 모든 평화로운 시간들이 집에서는 더 이상 가능하지 않았다. 비교적 빠른 시간 내에 드라마틱한 효과를 기대했지만 결국은 모두 그들과 함께하는 사람의 몫일 터.

그렇다, 우리는 실패했다.

나를 반겨주는 누군가

누군가 네 소원이 무엇이냐 물으신다면 회사 다닐 때의 나는 첫째도 정시 퇴근이요 둘째도 정시 퇴근이라 대답했을 것이다. 주 육 일 근무에 거의 매일이 야근이었던 직장인의 소박한 소망, 주 오 일 근무와 칼 퇴근. 프리랜서가 된 지금은 빈곤하지만 비교적 자유롭다. 다만 프리랜서의 일이라는 것이 대중이 없는지라 완전한 자유는 요원하고 들어오고 나가는 시간은 감을 잡기 힘들다. 늦은 밤 혹은 새벽녘이 되어서야 집으로 향하는 건 직장인일 때나 지금이나 다르지가 않다. 그런 날이면 다음 날 아침 일찍 출근 전쟁에 뛰어들지 않아도 된다는 사실은 위안이 되나 새벽이슬 맞으며 돌아가는 길은 언제나 적막하다.

무거운 다리를 끌고 집에 돌아오면 집 안의 불은 모두 꺼져 있다. 룸메이트가 있어 그 날 선 풍경이 그렇게 고독하지는 않지만 잠이 든 사람을 깨워 아는 체를 할 수는 없는 일이다. 조심스럽게 한다고 하는데도 현관의 불이 켜지고 인기척이 들리면 만쥬가 뛰어나온다. 잠을 자다가도 바싹 마른 코를 치켜들고, 굳이 굳어있던 꼬리를 흔들며 나를 마중 나온 것이다. 하지만 약 십 초 간의 세레모니 후 냉정하게 잠자리로 돌아간다. 아쉬운 마음에 좀더 길게 반겨주었으면 싶지만 과유불급이라고 했다. 그저 지금 이 순간 나를 반겨주는 누군가가 있다는 사실이 가끔은 눈물 나게 고마울 때가 있음을 잊지 말기로 한다.

그런데 재미있는 것은 반가움의 표시도 각각의 개성에 따라 다르다는 것이다. 만쥬의 특징은 은근하다는 데에 있다. 살며시 다가와 꼬리를 살짝 흔들고 잡힐 듯 말 듯 아스라이 사라져버린다. 반면 하쿠는 더 직선적이고 단순하고 강렬하다. 대략 열흘에 한 번, 산 속에 있는 하쿠를 만나러 가는데 갈 때마다 하쿠의 무조건적인 담백한 반김에 늘 설레고 돌아오는 길은 마음이 무겁다. 불안보다는 신용을 담은 눈빛, 서운함 대신 반가움만 있는 꼬리 끝. 함께하지 못해 내내 미안했던 마음을 담아 하쿠를 안아본다.

그 누가 나를 만나 이토록 반가워할 수 있을까.

2002년, 영국에서 출생하여 룸메이트와 생활.

2005년, 한국에 입국하여 만쥬와 함께 위탁 중 사이가 틀어짐.

2006년 말, 훈련소에 입소하여 행동 교정 및 기본 복종 훈련을 받음.

2007년 초, 훈련소에서 퇴소, 만쥬와의 아슬아슬한 생활을 이어가다 그해 여름 대망의 전원생활 한 달 만에 훈련소 재입소.

2008년, 보다 나은 삶을 위해 입양됨.

2009년 봄, 새 주인과 연락이 닿지 않아 우리가 찾아갔을 때 거의 방치된채 영양실조 상태로 발견됨. 구조 후 재활 끝에 여름, 강원도 횡계의 양 치는 목장에 위탁, 행복하게 전원생활을 하는 듯했으나 목장의 사정으로 그해 겨울, 충주의 애견 호텔에 위탁.

2010년 여름, 다른 개들과 싸움이 붙어 부상을 입음.

그리고 하쿠는 아홉 살이 되었다. 개의 평균 연령을 생각하면 하쿠도 노견의 반열에 들어선 셈이다. 하나가 지나가면 또 하나가 오고, 산 하나를 넘으면 더 큰 산이 보이는, 바람 잘 날 없는 하쿠의 피곤한 인생을 생각하면 '사는 게 뭐지'라는 생각이 들고는 한다.

노력하면 안 되는 일이 없다고는 하지만 내가, 우리가 해낼 수 없는 것을 이제는 인정해야만 한다고 생각했었다. 훈련소에 장기적으로 머무는 것보다 안정된 곳에 보내주는 것이 하쿠를 위해 최선이라고 결정을 내렸을 때, 마음은 아팠지만 하쿠가 지금보다 잘 지내고 있는 것을 보고 싶었다. 입양을 보낼 곳도 이것저것 세심하게 따져서 골랐다. 만약 그쪽에서 하쿠를 키울 수 없게 된다면 다른 곳이 아니라 우리에게 연락을 주기로 했고, 잘 지내는 것을 가끔 가서 볼 수 있도록 재차 약속을 받고 하쿠를 보냈던 것이다.

처음 몇 번 찾아갔을 때만 해도 이런저런 관리를 받으며 잘 지내고 있는 듯했다. 그러나 점차 연락이 되지 않아 이상하다 싶고, 무슨 일이 생긴 것은 아닌지 걱정이 되어 무작정 찾아가 보았더니 그곳에는 아무런 인적이 없었다. 하쿠와 여러 마리의 개들만 철장 안에 있을 뿐이었다. 개들의 상태는 말할 것도 없이 엉망이었다. 목이 쉬어 거의 짖지도 못하고 눈빛도 흐려져 있는, 몰골이 말이 아닌 저 개가 하쿠가 맞나 반문할 정도였다. 안아 들어 보니 마치 깃털처럼 가벼웠다. 갇혀만 있어 근육이 퇴화된 듯 제대로 걷지도 못하는 하쿠를 안고 서울로 달려와 병원으로 향했다.

심각한 탈수에 영양실조라고, 최소 한 달은 음식을 먹지 못한 것 같다는 진단이 내려졌다. 철장 안에 갇혀만 있다보니 스트레스를 받아 이빨을 갈아대서 송곳니를 비롯한 대부분의 이빨들이 닳아 없어진 상태였다. 눈물과 분노가 동시에 터져나왔다. 어떻게 이런 일이 생긴 것인가. 그 사람은 도대체 무엇을 한 것일까. 너무도 쉽게 사람을 믿어버린 우리 탓일까.

누구를 책망하고 미워할 여유도 없었다. 안정을 취하게 하고 수분과 영양을 충분히 공급해주는 것만이 우리가 할 수 있는 전부였지만 해야 할 일들이 많았다. 엉킨 털들을 골라내고 세 시간에 한 번씩 고열량 식을 먹이고 재활훈련을 하듯 조금씩 산책을 하는 날들이 반복되었다. 작은 기침 소리에도 놀라 깨는 밤들이 사라지고 영원히 빠질 것 같지 않던 온 몸의 악취와 때가 빠질 때쯤, 하쿠는 비로소 예전의 모습을 찾았다. 감사하게도.

하지만 그대로 하쿠와 함께할 수는 없었다. 사이가 좋지 않은 만쥬와 하쿠 때문에 좁은 집을 둘로 나누어 철저히 격리된 생활을 하고 있었던 것이다. 이제는 이빨마저 없는 하쿠와 만쥬를 마주치게 할 수가 없었다. 싸움이 일어난다면 둘 중 하나가 죽을지도 몰랐기에 그 둘과 함께 살아가는 것은 모든 것을 포기하고 집에만 있어야 하는 것을 의미했다. 그리하여 다시 강원도로, 충주로, 하쿠는 유목민처럼 떠돌아야 했다. 사람을 잘못 본, 입양을 잘못 보낸 우리 탓이다. 애초부터 나는, 룸메이트는 자격이 없었던 걸까. 하쿠는 어쩌면 공과 프리스비를 물고 초원을 뛰어다닐 수만 있다면 마냥 행복한 개일지도 모른다. 그저 보더콜리로서 특징을 이해하고 살려줄 수 있는 주인과 환경이 필요했는지도.

무엇이 행복한 삶일까.
무엇이 최선인 것일까.
해답을 찾지 못한 나는
오늘도 그저 이렇게 걷기만 한다.

조금 미안하기는 하지만

몇 년 전 인기를 끌던 사극 드라마의 주인공 이름은 '처선'이었는데 그가 옥에 갇혀 있었을 때의 머리 스타일이 만쥬의 헝클어진 머리와 비슷했고, 그래서 만쥬를 '옥중 처선'이라고 부르곤 했다. 공교롭게도 그 주인공은 내관이었다. 우리끼리는 우스갯소리로 지은 별명이지만, 소중한 것을 잃어야만 했던 만쥬의 입장에서는 그리 썩 기분이 좋지만은 않았을 듯하다.

우리가 중성화 수술을 결정한 것은 만쥬가 다섯 살 때의 일로 일반적인 수술시기에 비한다면 한참 늦은 결정이었다. 마음 한편에는 만쥬를 닮은 강아지를 보고 싶은 욕심이 있었지만 같은 종의 여자 친구를 찾을 수도 없었거니와 지금은 육아를 감당할 형편이 아니라는 결론 때문이었다. 어쩌면 수술은 어긋날 대로 어긋나버린 하쿠와의 관계 회복을 위해 할 수 있는 최소한의 몸짓이었다. 이해할 수 없는 그놈의 호르몬.

사실 내가 처음으로 중성화 수술에 대해 조언을 들은 것은 달리를 키우기 전이었다. 맬러뮤트를 키우던 사람이었는데 작은 애완견이 아닌 대형견을 키워본 경험이 없던 나는 그렇게 큰 개와 자유롭게 함께 살아가는 모습에 감탄을 금하지 못했다. 그가 중성화 수술에 대해 이런 얘길 했었다.

"공격성을 줄여주기도 하지만 길게 본다면 주인과 개가 모두 행복할 수 있는 길이에요."

유기나 학대, 혹은 식용판매 목적으로의 사육 등이 알게 모르게 빈번하게 이루어지는 것을 생각해보면 계획적인 임신과 출산은 또 다른 끔찍한 일을 줄일 수 있는 작은 한 걸음일 수도 있다.

누군가의 가치관에서는 타당한 일이, 또 다른 이에게는 끔찍한 일이 될 수도 있는 것이다. 판단은 개개인의 몫이겠지만, 나는 공격성이 조금이라도 줄어든 만쥬와 건강하게 살아가는 나날들이 만쥬 주니어와 함께하는 삶보다 더 간절하다.

열광에 대한 변명

한류 스타를 좇는 일본 아줌마들도

인터넷 세상 속을 부유하는 사람들도

개에게 마음을 빼앗겨버린

나도, 너도

사람은 누구나 외로운 것이다.

갈수록 태산

애니멀 커뮤니케이터와 상담이라도 받아야 하는 것은 아닐까. 갑자기 그런 생각이 든다. 언젠가 이런 말을 들었다. 개 전문 정신과가 있다면 하쿠와 만쥬 모두 그곳으로 보내 상담을 받아봐야 한다고. 양을 몰던 보더콜리 특유의 습성이라지만 하쿠는 공이나 원반에 대한 집착이 이미 도를 넘어버렸다. 게다가 나이도 지긋해진 지금에 와서도 과도하게 다른 개들을 몰아대거나 해서 혹여 싸움이 나지 않을지 항상 마음을 졸이게 만든다.

만쥬는 하쿠에 대한 강한 적의가 누그러질 기미가 보이지 않는 것은 둘째로 치더라도, 요즘 산책길에 만나는 다른 대형견들에 경계심마저 생겨버려 나를 난감하게 만들고 있다. 가뜩이나 이런저런 내 문제만으로도 머리가 아플 지경인데 도와주는 놈 하나 없구나.

부끄러움을 아는 사람

이 주 만에 하쿠를 만나러 갔었다. 마침 휴가를 즐기러 온 보더콜리 주인이 있었는데, 그 견주로 말하자면 애견계에서 명망이 높은 분으로 생식사료와 동종요법 등의 자연주의 육아(?)의 권위자로 통하는 분이었다. 별다른 친분은 없지만 하쿠의 사연을 아시고 종종 하쿠의 상태도 봐주셨다고 들은 터라 늘 감사하게 생각하고 있었다. 아이들과 놀던 하쿠를 관찰하시던 그분은 하쿠의 겨울털이 아직 많이 남아 있는 듯하다며 꼼꼼히 몸소 빗질을 해보였다. 자주 오지는 못해도 올 때마다 빗질도 해줬지만 평소에 쓰는 빗으로는 겨울털을 다 없애기에 한계가 있었던 것이다.

이렇게 부끄러웠던 적이 언제였나. 얼굴이 화끈거렸다. 만쥬와 하쿠의 털이 다르다는 것을, 다른 방법으로 손질해줘야 한다는 것을 잊고 있었던 탓이다. 칠 월 중순의 한여름, 하쿠는 얼마나 더웠던 것일까.

미안한 마음, 이루 말할 수 없다.

my favorite things

무라카미 하루키의 말처럼
'작지만 확실한 행복'을 주는 소소한 몇 가지들.

+ 구수한 발바닥

개는 사람과 달리 땀샘이 거의 발바닥에만 한정되어 있다. 그 특유의 구
수한 냄새를 맡으면 사람의 발 냄새를 맡았을 때와는 정반대로 마음의 진
정 효과를 볼 수 있다. 야릇한 기분이 든다고나 할까. 귀여운 곰돌이 모양
의 도톰한 발을 코에 대고 킁킁거리면 변태로 오인될 확률이 높아 나 혼자
만의 비밀로 간직하려 했으나, 의외로 곳곳에 마니아층이 형성되어 있다는
것을 발견했다. 함께해요, 개발바닥 동호회 회원 모집 중.

✦ 비단 양송이 코

개의 코는 신기하다. 사람과 다른 그 놀라운 후각 기능은 물론이요, 양송이를 세로로 잘라놓은 단면의 그 모양까지. 개의 코는 흔히 개의 건강을 체크하는 손쉬운 지표로 사용되는데, 적당한 기온과 습도에도 코가 바싹 말라 있다거나 누런 콧물을 흘리고 있다면 건강이 좋지 않은 것으로 판단하곤 한다. 그러나 개가 잠을 자고 있을 때는 건강한 개라도 코가 바싹 마르게 된다. 체온 조절을 할 필요가 없어서라고 하는데, 나는 불현듯 뺨에 닿는 차갑고 촉촉한 코도 사랑하지만 비단처럼 부드럽게 마른 코를 최고로 친다. 대략 완전히 잠이 들기 바로 직전의 상태, 그러니까 벨벳같이 부드러운 상태가 되었을 때의 코를 한번 만져보라. 단연 최고다.

✤ 개 풀 뜯어 먹는 소리

　문자 그대로의 '개 풀 뜯어 먹는 소리'를 들어본 적 있는가? 한때 대관령의 넓은 들판이 모두 제 집인 양 뛰어다니던 하쿠는 지천에 흐드러진 이름 모를 풀들을 자주 뜯어 먹곤 했다. 비타민이나 염분이 모자라 보충하는 것이라는 설도 있고 소화를 돕기 위해서나 기생충 때문이라는 설도 있다. 혹시 탈이 날까 염려되기도 했지만 다행히 하쿠는 아직도 풀을 뜯으며 건강하게 잘 살고 있다. 식성이 조금 다른 만쥬는 풀 대신 오이, 당근, 양상추, 양배추 등의 다른 풀(?)들을 즐겨 먹는데 그 소리들이 모두 기막히다.

　투둑 툭, 아삭아삭.

+ 잠버릇

개도 꿈을 꿀까? 최근 크게 발달한 뇌신경과학 연구에서는 개가 상당히 사람에 가까운 꿈을 꾼다고 한다. 꿈속에서도 놀고 으르렁거리며 싸우고, 깽깽대며 울고, 무서워한다. 혼자 고기 뼈다귀라도 훔쳐 먹는지 쩝쩝대며 입맛을 다시기도 하고, 평소에는 가기 힘든 푸른 초원이라도 달리는지 연신 두 쌍의 다리가 번갈아가며 움찔댄다. 그럴 때면 잠든 만쥬의 귀에 낮게 속삭여본다.

달려라, 만쥬.

선물

나이 마흔이 되면 자신의 얼굴에 책임을 져야 한다고 말했던 것은 아마도 링컨이었지 싶다. 나이를 먹을수록 점점 웃을 일이 없다고 핑계를 대는 내 자신을 바라보며 곰곰이 생각해본다. 나는 하루에 몇 번이나 웃을까? 얼마나 자주 눈살을 찌푸릴까? 얼굴의 표정을 담당한다는 팔십 개의 근육 중 과연 어떤 근육들이 발달하여 앞으로의 얼굴이 완성될 것인가 하는 생각을. 게다가 이제 마흔이 그리 멀리 있지도 않다는 생각을.

만쥬가 내게 주는 수많은 선물 중의 하나는 바로 나를 웃게 한다는 것이다. 만쥬의 엉뚱한 행동과 우스꽝스러운 표정에 웃음이 터지고, 가끔 그저 바라보기만 해도, 종종 그 존재 자체를 떠올리는 것만으로도 미소 지을 수 있다. 물론 만쥬 덕택에 험악한 표정의 사십 대를 맞이할 가능성도 배제할 수는 없을 것이다. 하루걸러 하루씩은 자잘한 사건 사고로 아침을 맞이하므로.

그래도 만쥬에 비교한다면 오늘 하루, 나는 몇 명의 사람을 미소 짓게 했을까, 혹은 그 반대일까.

엄마

개를 키우는 사람들은 종종 누구누구의 엄마로 불린다. 나만해도 단골 동물 병원에 전화하며 '만쥬 엄마예요'라고 천연덕스럽게 말하곤 하니까. 개 키우기를 육아에 비교한다면 전 세계의 모든 엄마들이 들고일어날 수도 있겠다. 아이를 낳고 키우는 과정은 말할 수 없이 숭고한 일이니까.

물론 그 둘은 다르다. 개에게는 인간과 달리 미래에 대한 희망이 없다. 언제가는 이 어린 생명이 자라고 일어나서 혼자 걸을 것이라는, 곧 말을 하고 버스를 타고 학교에 가고, 친구들과 전화를 하고 데이트를 하다가 결혼해 자립할 것이라는, 무엇이, 어떻게 되리라는 미래에 대한 꿈이 없는 것이다. 그러니 많은 부분이 다를 수밖에.

하지만 생명을 돌본다는 의미에서 보면 비슷하지 않을까? 게다가 애완동물은 인간과 달리 정신적, 사회적인 성장을 하지 않으므로 죽을 때까지 '아이'와 다를 바 없다. 그리고 동물을 돌보는 일은 사람이 생의 순환 고리 속에서 부모가 되기 전에 돌봄의 주체가 되어볼 수 있는 유일한 경험이다. 그러니 '유사 육아'라는 표현 정도로는 말할 수 있지 않을까? 자신을 낳아준 진짜 엄마(어미 개)와 헤어져 입양을 오는 강아지에게도 주인은 유사 엄마와 다르지 않을테니까.

장래희망

  나의 희망과 의지로 만남과 헤어짐을 겪은 후 다시는 개를 키우지 않겠다고 다짐했었지만 삶의 흐름에 따라 사람을 만나고 공간을 나누고 다시 개들을 만났다. 원하거나, 원치 않거나 같은 결과가 나타나는 것일까? 그렇다면, 개가 아니었다면 고양이를, 고양이도 아니라면 새나 거북이와라도 함께하지 않았을까?

  잘 생각해보면 나는 늘 그저 동물과 함께하는 삶을 동경했던 게 아닐까?

이렇다 저렇다 말은 많지만

함께 있는 이 순간,
무어라 한마디로 정의 내릴 수 없는 그 충만감 하나로
우리는 지금 이곳에 있다.

함께 있어 빛나던 순간.

원하는 것이 무엇인지 내게 말해봐.

적절한 거리를 유지하는 방법.

계절은 가고 또 오네.

길 위의 단상

환생

태국을 여행하고 돌아온 한 친구가 내게 말했다. 태국의 거리에는 개가 참 많은데 사람과 개들이 서로 무심한 듯 묘하게 공존하며 살아가고 있더라는 것이다. 개들은 길거리뿐만 아니라 동네 곳곳을 점령하고 있다고 했다. 공중전화 박스 안이며 레스토랑의 의자 아래는 무더운 날씨를 피해 그늘을 찾아든 개들이 태평하게 잠들어 있고, 그런 개들을 신경 쓰는 사람은 없다고. 개들을 특별히 예뻐하는 사람은 없지만 오히려 자신의 개가 아님에도 누구나 선뜻 먹을 것을 나눠주는 모습을 많이 보았다고 했다. 동행한 가이드의 말에 의하면 불교가 국교인 태국에는 개가 자신의 가족이나 선조가 환생한 것이라는 믿음이 있어 개를 함부로 대하지 않는단다. 또한 어린아이가 죽으면 고양이로 다시 태어난다는 설이 있어서 고양이를 대하는 것도 역시 마찬가지란다.

불교의 윤회사상에서 인간은 선악의 업인(業因)에 따라 여섯 가지 세계를 윤회하는데 그중 하나인 '축생'에 떨어지면 네발 달린 짐승으로 태어난다고 한다. 게다가 인간이 인간으로 다시 태어나기보다 짐승이 인간으로 태어나는 것이 쉽다고 하니 나는 다음 생에 개로 태어날지도 모르겠다.

그런 사람

오랜 친구와 실로 오랜만에 전화 통화를 했다. 두런두런 서로의 근황을 묻던 중 그녀의 언니와 언니의 토끼, 보들이의 안부를 묻는 내게 친구가 갑자기 버럭 소리를 내질렀다.

"동물에게 매여 사는 사람들, 그거 정말 나빠! 너도 마찬가지야!"

이상한 일이었다. 그녀 역시 평소에 나 못지않게 개며 고양이 등 동물에 대한 애정이 있다고 굳게 믿고 있었는데, 설마 그녀가 이런 대사를 내뱉을 줄이야.

그녀의 언니는 제주도에 살고 있는 작가로 가끔 서울 집에 올 때도 보들이와 함께 오기 위해 배를 타고 다니는(쥐나 토끼 등의 설치류는 비행기에 탑승할 수 없다고 한다), 자상한 토끼 엄마다. 보들이는 워낙 호전적이어서 온 가족들이 피해 다니기는 했지만, 온 집안의 전선을 다 갉아버릴 기세로 자신이 설치류임을 증명하려 노력하기는 했지만, 내 손을 사정없이 물어버려 '네모난 이빨을 토끼 이빨이라고 하는 데는 분명한 이유가 있다'라는 깨달음을 줬지만, 그래도 나는 친구의 언니와 보들이 사이의 교감을 높이 사고 있었던 터였다. 토끼도 주인을 알아보는구나 싶었고 생명체끼리 마음은 언제나 통할 것이라는 그런 희망을 보기도 했었다.

각설하고, 친구가 내게 소리를 지른 이유는 이러했다. 동물에 대한 넘치는 이해와 사랑을 가족으로서, 또 친구로서 지켜본 그녀는 언제부터인가 그 '넘침'에 대한 회의가 들었단다. 게다가 이런저런 일화를 들어보니 가족으로서, 친구로서 이래저래 스트레스를 받았음이 틀림없었다. 어찌되었건 그 전화통화로 '넘침'의 기준에 대해 사람은 모두 다른 잣대를 가지고 있음을 알게 되었다.

그러나 반전은 다음 날 아침 일찍 전화벨이 울리며 일어났다. 어제의 그 친구. 그녀의 첫마디는 이러했다.

"어떻게 해. 나 어제 그렇게 말하고 벌 받았나 봐."

사연인즉, 어제 나와의 통화를 끝내고 시장에 갔는데 시장통 한가운데서 새끼 고양이 한 마리가 사람들 발에 밟히고 치이고 있었다는 것이다. 시장 사람들에게 물어보니 따로 주인이 없는 길고양이라고 데려가라는 소리만 들었다고 했다. 결국 생후 육 주쯤 돼 보이는 작은 생명을 외면할 수 없어 품에 안고 집에 돌아왔단다. 병원에 데려가 건강검진까지 하고 입양을 보내려고 했는데 볼수록 새록새록 정이 들고 예쁘더라고, 그러나 집에는 터줏대감 진돗개가 있어 키울 수 없는데 어떻게 하면 좋냐고 다급하게 내게 물어왔다. 나는 깔깔대며 웃어주었다.

"것 봐! 너도 역시 그런 사람이잖아!"

결국 그녀는 '삐약이 엄마'로 고양이 세계에 입문, 현재 고양이에 대한 열렬한 사랑과 숭배로 가득 찬 하루하루를 보내고 있다.

장수 만세

세계에서 가장 오래 장수한 개는 블루이(Bluey)라는 이름의 호주 목축견(Australian cattle dog)으로 1939년 사망 당시의 나이가 스물아홉 살하고도 오 개월이었다고 한다. 개의 나이를 계산하는 방법은 여러 가지지만 보통 사람나이로 치면 일백육십 세가 넘는다. 언젠가 개에게 있어 육 개월이란 거의 영원에 해당하는 시간이라는 글을 읽은 적이 있다. 아마도 하루의 스물네 시간, 한 시간의 육십 분, 일 분의 육십 초는 누구에게나 평등하게 주어진 유일한 조건일 텐데 인간과 개의 이러한 차이는 정말 불공평하다. 물론 이렇게 말해도 소용없을 테지만.

유난히 더디게 느껴지던 시간의 흐름 속에서 빨리 어른이 되기를 바랐던 어린 시절과는 정반대로, 요 근래 무서우리만치 빠른 시간의 흐름을 깨닫게 된다. 육 개월은 물론이고 일 년쯤이야 정신없이 살다보면 또 금세 지나갈 것이다. 모르는 게 약이라고 우리에게 남아 있을 시간을 계산해보면, 그 시간이 얼마나 무섭게 지나갈 것인지 상상해보면, 슬픔은 그 시간의 두 배 이상으로 다가온다. 그러니 그저 우리 모두가 하루하루를 건강하고 충실하게 살아갈 수 있기를 바랄 뿐.

행복한 인생

영화 〈아멜리에〉에는 일요일은 쉬는 날이라며 적선을 받지 않는 노숙자가 아주 잠깐 등장하는데 그의 곁에는 셰퍼드 종으로 보이는 커다란 개가 함께 있다. 프랑스 파리에는 그 씬의 배경인 북역(Paris Gare du Nord)뿐만 아니라 도심 곳곳에 많은 노숙자들이 있고 그들 곁에는 종종 그런 커다란 개들이 있다. 하늘 아래 자신의 몸 하나 누일 거처가 없고 먹을거리를 구하는 것 역시 수월하지 않은 생활에 작은 개도 아니고 자기 몸집만한 개를, 그것도 한 마리도 아니고 두세 마리씩 키우는 사람도 있다. 노숙자의 입장이 되어본 적이 없는 나에게는 다소 의아한 풍경이었다.

그런데 겨울이 되니 그럴 수도 있겠다 싶었다. 파리의 겨울은 영하로 내려가 눈이 내릴 만큼 춥지는 않지만 비가 많이 내려 습도가 높고 찬바람이 불어 흔히 뼈가 시리다고 말한다. 그들은 개와 함께 추위를 피해 따뜻한 증기가 올라오는 하수구 통풍구 위에 자리를 잡고 서로의 체온을 나누며 밤을 나는 것이다. 크리스마스에 자신의 개와 나란히 붉은 산타클로스 모자를 쓰고 슈퍼마켓 앞에서 캐럴을 부르는 낭만 노숙자를 보았던 기억이 난다.

그곳에서 마주친 대부분의 개들이 대개 얌전하고 침착한 성품을 지니고 있었지만 특히 노숙자들의 개가 인상적이었던 것은, 목에 매는 리드 줄 없이도 주인의 말 한마디, 손짓, 몸짓 하나로 정확히 움직이기 때문이었다. 놀라운 집중력과 복종이었다.

그것은 노숙자들의 삶이 무리지어 사는 야생 늑대의 삶처럼 이동이 많기 때문이고, 노숙자가 완전한 리더의 역할을 하고 있기 때문이라는 글을 읽은 적이 있다. 종일 이동을 하고 에너지를 소진하게 되면 리더가 잠잘 곳을 정하고 먹을 것을 나누어준다. 이 간단한 규칙과 논리가 현대의 도시에 사는 다른 개들과는 다른 삶을, 개의 본능에 좀더 가까운 삶을 살 수 있게 해준다는 것이다. 본능에 충실한 삶을 살고 있으니 웬만한 일반 가정의 개들보다 노숙자들의 개들이 더 행복하리라는 글을 읽고 다시금 생각에 잠긴다.

넓은 집에 살며 질 좋은 음식을 마음껏 먹는 생활도 지켜야 할 규칙을 정해주는 리더와 놀이나 산책 등의 활동이 없다면 그저 그런 삶에 불과할지도 모른다. 누구라도 막연하게나마 행복한 삶을 꿈꾼다. 그렇다고 노숙자들의 삶을 살 수도 없고 먼 옛날 야생 늑대들의 삶을 재현해줄 수는 없으니 모두가 함께 즐거운 나날을 보내기 위해서는 놀이와 산책만이 정답이라는 결론.

친절한 이웃

　적당히 술에 취한 밤, 집으로 돌아가는 길, 공사 중인 빌라의 이층 난간에서 울고 있는 길고양이를 만났다. 아직 새끼인지라 말을 거는 나를 두려워하지 않고 크고 동그란 눈으로 내려다본다. 넌 집이 어디니, 엄마는 있니, 거기에서 내려와…… 주저리주저리 말을 거는 내게 그 고양이는 야옹야옹 참을성 있게 잘도 대답해준다. 그러나 나는 도통 그 의미를 알 수가 없다. 혹 뭣도 모르고 높은 곳에 올라갔지만 내려올 수 없는 것인가 싶어 이리저리 살피는데, 그런 우리의 대화가 어느 이웃에게는 너무나도 시끄러웠던 모양이다. 옆집 담 위로 갑자기 사람의 손이 쑥 튀어나오고 비닐봉지에 싸인 무언가를 고양이에게 던진다. 고요한 밤공기를 가르는 파찰음. 비닐봉지가 무언가에 부딪혀 요란스레 깨지는 소리. 그 순간 고양이가 사라진다. 우리의 평화로운 대화는 그렇게 순식간에 중지되었다.

　이 집에 살게 된 후 몇 년 동안 골목의 많은 고양이들을 보아왔다. 언덕이 많고 좁고 구불구불한 골목이 많아 그런지 내가 살아왔던 다른 동네에 비해 고양이가 많은 듯하다. 혹은 예전에는 골목골목의 숨겨진 고양이들을 인식하지 못했던 것일 수도 있다. 관심이 생기기 전까지 우리가 미처 모르고 지나가는 작은 것들이 얼마나 많은지. 며칠 동안 자주 보이는 아이들이 있는가 하면 어느새 또 사라지고 다시 새로운 아이들이 다녀간다.

언젠가 흐드러진 달빛을 받으며 홀로 길바닥에서 무아지경 춤을 추던 한 고양이는 내가 저를 만지고 안는 것을 허락했었다. 상처 없는 고운 자태에 사람을 피하지 않는데다 빨간 목걸이까지 하고 있어 분명 주인이 있을 것이라고 생각했다. 일단은 집 나온 집고양이 같아 주인을 찾아주어야겠다 생각했지만 잠시 방심한 사이 놓쳐버렸다.

그들이 낮 동안에는 어디에 있는지, 또 사라지면 어디로 가는 것인지는 알 수가 없다. 대부분의 길고양이들은 사람의 기척을 알아채는 순간 사라진다. 숨는다.

만약 고양이의 언어를 단 한 가지만 배울 수 있다면 이 한마디 말을 배우고 싶다.

'나는 널 해치지 않아.'

우두머리의 에너지

'주인을 강하고 안정된 우두머리로 신뢰하지 못하는 개는 무리 안에서 자신의 올바른 역할에 대해서 불안해한다. 누가 주도하는지 혼란스러워 하는 개는 무리가 생존할 수 있을지 염려하고, 자신이 무리에서 부족한 리더십을 채우려고 엉뚱한 노력을 한다. 그럴 때 우리가 문제라고 부르는 현상들, 즉 공격성, 불안, 두려움, 집착, 공포증 같은 것들이 생긴다. 대부분의 문제행동은 주인과의 주종관계에 대한 불안함의 표현이다.'

— 『도그 위스퍼러』 중

아, 이건 진정 내 이야기 아닌가. 공격성, 불안, 두려움, 집착, 공포증……. 이 익숙한 단어들은 하쿠, 만쥬, 달리의 또 다른 이름이다. 그런데 우두머리의 에너지를 뿜어내려면 어떻게 해야 하는 걸까? 단호한 표정으로 만쥬를 바라보며 '내가 리더야, 내가 리더라고! 날 믿어!' 속으로 외친다. 함께 걸어갈 때에도 내가 먼저 움직이고 소파에는 나만 올라가며 밥도 내가 먼저 먹는다. 이렇게 종일 모든 것에 신경 쓰고 나면 피곤이 몰려온다. 무리라고, 한계라고 외치고 싶다. 내게는 우두머리의 싹수 따위는 애초부터 존재하지 않았던 것인가?

가끔은 서로의 서열을 늘 확인해야만 하는 동물들의 삶이 엄청 피곤할 것 같지만 생각해보면 인간세상도 다를 바 없다. 세상은 늘 내게 '알파'한 인간이 되라며 다그치지 않는가. 하지만 모두가 우두머리가 된다면 이 세상은 어떤 모습일지. 나는 사양할란다. 그저 생긴 대로 살고 싶어라.

2종 보통 면허

인터넷을 뒤지다가 흥미로운 기사를 읽었다. 스위스에서는 애견 관리 과정을 이수하지 않은 개 주인에게는 벌금이 부과된다는 내용이었다. 기사에 의하면 개를 소유한 사람들은 애견 관리에 필요한 필기와 실기 과정을 마쳐야 한다. 이 년간의 유예기간을 거쳐 2010년 구월부터 시행된 이 동물보호법이 앞으로 어떤 반향을 일으킬지 점치기에는 아직 시기상조이나 나는 일단 대찬성이다.

모든 일이 그렇지만 처음이 늘 어려운 법이다. 이런 때는 어떻게 하고 저런 때는 어떻게 해야 하는지 알려주는 사람도 없다. 인터넷이나 책을 통해 얻는 지식도 누군가와 함께 몸소 체득한 경험만 못하다. 더 나아가 개 키우기를 너무 쉽게 생각했던 사람들에게도 좋은 영향을 미칠 것이고 그로 인해 버려지는 아이들도 줄어들 것이다. 이상적으로 들리지만 현재보다 밝은 내일이 그만큼 쉽게 그려진다.

그런데 문제는, 언젠가 우리나라에도 이러한 법이 지정된다면 나는 아마 보기 좋게 미끄러질지도 모르겠다는 것.

개를 기른다는 것

마음이 울적할 때에는 만화방에 간다. 사면이 빼곡하게 책으로 둘러싸인 그곳에서는 왠지 묘하게 안심이 된다. 책으로 둘러싸여 있다는 점에서 비슷하기는 하지만 오래 머물기에는 편치 않은 도서관이나, 북적거리는 대형 서점과는 달리 마이너한 정서를 가진 곳. 적당히 푹신한 소파에 자리를 잡고 보고 싶은 만화책들을 쌓아놓는다. 늘 그렇듯 오늘도 신간들을 먼저 뒤적이다 책 한 권을 뽑아든다. 다니구치 지로의 『개를 기르다』.

십사 년 십 개월을 작가와 함께 살아온 개가 병들어 죽기 전의 일 년간을 그야말로 꾸밈없이, 담담하게, 있는 그대로 묘사한 책이었다. 평소의 취향과는 일백팔십 도 다른 정직한 스타일의 그림체, 위트나 재치와는 거리가 먼 투박한 내용. 처음에 책을 집어 들고 흘깃 펼쳐봤으나 위의 두 가지 요소 때문에 별다른 기대는 하지 않았었다. 오직 개에 대한 이야기라는 사실 때문에 읽어볼 마음이 생겼던 건데, 그 두 가지가 사람의 마음을 이렇게 먹먹하게 만들 줄이야.

내가 어렸을 때부터 십육 년을 함께했던 개가 죽은 후 엄마는 다시는 동물을 기르지 않겠다고 선언했었다. 또다시 그런 일을 겪을 수는 없다는 것이었다. 물리적으로 떨어져 있었기에 말년의 그 세세한 일화들을 알지 못하지만, 마지막 순간만은 나도 함께했으니 어찌 보면 절반 정도의 이별은 겪은 셈이다. 그럼에도 여전히 나는 아직 어떠한 존재의 죽음도 온전히 겪어낼 자신이 없다. 그러나 개를 기른다는 것은 마지막까지 함께할, 다소 비장한 각오를 요구한다. 언젠가는 마주하게 될 그 순간을 피할 수 없다면, 그렇다면 많이 슬퍼하지 않고 담담하게 후회 없이 맞이하고 싶다.

덧붙이자면 책의 1부에서 개를 떠나보내고 다시는 개를 기르지 않겠다고 다짐했던 부부는 2부에 이르면 임신한 고양이를 우연히 만나 키우게 되고 새로운 생명의 탄생을 겪는다.

역시 삶이란 그런 것. 헤어짐과 만남의 순환의 고리.

개의 날

해가 바뀔 때가 되니 여기저기서 달력이 들어온다. 습관적으로 달력을 들추며 올해는 빨간 날이 얼마나 되는지 세어본다. 설날, 추석, 개천절 등 참으로 많은 기념일이며 휴일들이 달력 한편씩 자리 잡고 있다. 어버이날, 스승의 날, 근로자의 날, 국군의 날…… 알 만한 사람은 모두 아는 이런 날들 이외에도 이런 게 다 있나 싶은 생소한 날들도 있다. 납세자의 날, 세계 습지의 날, 정신 건강의 날, 사막화 방지의 날, 콜레스테롤의 날…… 이쯤 되면 개의 날도 있어야 하는 것 아닌가 싶어 검색해보니 설마?

있다, 개의 날!

서양에서는 일 년 중 가장 더운 날들을 일컬어 '개의 날들'이라고 한다는데, 그것은 큰개자리의 가장 밝은 별인 '시리우스'가 삼복 기간이 되면 해와 함께 떠서 함께 지므로 태양의 열기에 가장 밝은 시리우스 열기가 보태져 가장 덥다고 생각했기 때문이란다.

한국에서는 국가적으로 정한 날은 아니라서 널리 알려지진 않은 듯, 몇 년 전 이 날을 선포하며 기념행사만 하고 활성화가 된 것 같지도 않다. 어찌되었든 애견의 날이 있기는 있었으니 바로 오월 삼십일 일이다. 동물보호법 제정일에 맞춘 것이라는데 개인적으로 가정의 달 오월의 대미를 장식한다는 점이 마음에 든다.

개나 고양이나

옥수동 골목 어딘가에 위치한 외가 혹은 근처의 어느 다른 집에 진돗개가 있었다. 외삼촌의 품에 안겨 조심스레 손을 뻗었다. 호기심이 두려움을 이긴 순간의 두근두근함.

반면 고양이를 처음 만져본 것은 불과 얼마 전의 일인데 그것은 말처럼 호락호락한 일은 아니었다. 외부인인 나를 처음 본 날, 그들은 약속이나 한 듯이 소파며 침대 밑으로 숨어들고는 내가 돌아갈 때까지 모습을 보여주지 않았다. 그들과 안면을 트기까지는 꽤나 많은 시간이 필요했지만 실제로 보니 그들은 의외로 다정한 면모를 가지고 있었다.

손을 대어도 괜찮을 만큼 나에 대한 경계심이 풀렸을 때쯤 나는 조심스레 개에게 하듯 귀 뒤와 목덜미를 만져줬다. 그러나 이내 화들짝 놀라 손을 떼고 말았다. 기분이 좋아 목울대를 울리며 가르릉 골골대는 고양이 특유의 소리가 개가 공격할 때 내는 소리와 비슷해 착각을 했던 것이다. 사람이 키우는 가장 보편적인 네발 달린 털 짐승임에도 참으로 다르구나.

사소한 습성 하나하나가 개와 다른 그들을 가만히 바라보고 있노라면 뭐든지 당연한 듯 세상을 바라보고 있던 나의 타성이 걷힌다.

때때로 그들은 이렇게 나의 스승이 된다.

진정한 공포

햄스터를 해부하여 미니홈피에 자랑스레 사진을 올린 초등학생,
재미로 열여덟 마리의 개들을 연쇄 도살한 고등학생들,
고양이를 학대하고 인터넷에 그 목숨을 담보로 한 게임을 올린 그 누군가.

영화보다 더 무서운 현실 앞에서
더 이상 모르는 척 고개를 돌릴 수 없다.

궁합

여러 사람들과 함께 대화를 나누다보면 그 안에서 가끔은 공통된 관심사를 가지고 있거나 취향이 꼭 들어맞는 사람, 언어를 구사하는 방법이나 사회나 사물을 바라보는 시선 및 태도가 비슷한 사람들을 발견하게 된다. 쿵 하면 짝, 주거니 받거니 이야기를 하다보면 어느새 시간이 이만큼 흘렀나 싶은, 생각만 해도 기분이 좋아지는 관계들이 있다. 이처럼 사람과 개 사이에도 궁합이라는 것이 있다.

『개는 왜 우리를 사랑할까』라는 책에는 자신의 성격을 간단히 테스트 한 후 그 결과를 바탕으로 자신과 맞는 개의 종류들을 찾아볼 수 있는 흥미로운 내용이 있다. 사역견, 스포츠견, 목양견, 애완견 등 쓸모에 따라서 견종을 구분하던 전통적인 방법 대신에 친구 같은 견종, 방어적인 견종, 독립적인 견종, 자신감 넘치는 견종, 일관성 있는 견종, 영리한 견종 등 개들이 사람들과 어떤 관계를 맺고 있는가에 따라 새롭게 견종을 구분한다. 흥미롭다. 늘 내가 어떤 존재인지를 아는 것이 중요하다고 생각해왔는데 개와의 관계에서도 예외는 아닌가보다.

어느 정도 신빙성이 있는 이야기인 것이 나의 상황—주거지, 직업, 건강상태 등—이나 기본적인 성향—내향적, 외향적, 다정함과 세심함의 정도—등에 따라서 나와 맞는 개는 달라질 수밖에 없다. 물론 개들 각자의 개성도 있겠지만 분명히 종에 따라서 가지고 있는 고유의 성격이 다 다르다. 리트리버와 로트와일러, 치와와를 각각 떠올린다면 적절한 예가 될 수 있을까?

테스트에서 세 번이나 언급된 그룹은 자신의 기질과 딱 맞아 떨어지는 그룹으로 사람 관계에 비교하자면 더 이상 바랄 것이 없을 정도로 잘 어울리는 커플과 같다고 한다. 나의 경우에는 그것이 '영리한 견종' 그룹이었는데 도베르만 핀셔, 셔틀랜드 쉽독, 저먼 셰퍼드, 웰시코기, 보더콜리, 빠삐용, 푸들 등이 여기에 속한다.

그렇다면 나는 왜 나와 꼭 맞는 보더콜리인 하쿠와 떨어져 살고 있는 걸까? 책은 이렇게 말하고 있다.

'도시생활을 하기엔 지나치게 활동적인 보더콜리를 제외하곤 대부분 도시나 실내에서도 잘 적응하며 살아갈 수 있다'

따로 친절히 콕 찍어서 설명해주고 있네. 만약 만쥬와 하쿠의 사이가 좋았다고 하더라도 도시의 좁은 집에 살고 있는 현재의 나의 거주상태로는 하쿠와 함께 사는 것은 무리라는 말. 규칙적으로 강도 높은 운동을 시켜줘야 하는 하쿠를 전문가에게 위탁한 데에는 그런 이유가 있었던 것이다.

결별의 이유로는 늘 '성격 차이'라는 뻔한 대답이 돌아오는 법이다. '라이프스타일이 달랐다'라는 말도 심심치 않게 들려오기도 하고. 사람이나 개나 외모만으로는 그 속을 알 수 없는 법, 얼굴에 너무 현혹되지 말자. 오래도록 삶을 함께 나누기 위해서는 나와 맞는 성격의 존재를 찾아야 한다. 깨달음은 어째서 늘 한 걸음 늦게 찾아오는 건지.

미디어의 힘

　내게도 조카가 생겼다. 경이롭고 기쁜 일이지만 그날 이후 우리 가족은 만쥬와 헤어져야만 했다. 개가 아이에게 좋지 않다는 건 사실이 아니라고 말해도 이모인 내게는 아무런 결정권이 없었다. 그러던 어느 날 일본 채널의 버라이어티 퀴즈쇼에서 기형아를 낳을 수 있는 여러 가지 요소 중 고양이에 대한 이야기가 나왔다. 방송에서는 고양이가 톡소플라스마라는 기생충의 완전 숙주라서 배설물을 통해 이 기생충의 알이 몸 속에 들어가게 되면 기형아를 출산할 수도 있지만, 구충을 한 고양이는 아무 문제 없으므로 임신했다고 고양이를 버릴 이유는 없음을 강조했다. 선정적인 문구와 화면으로 개 회충에 대해 보도한 우리나라의 어느 프로그램보다는 좀 나았다. 그 당시 방송을 보고 제대로 된 정보를 객관적으로 보도해야 할 미디어임에도 '카더라' 식의 태도가 영 못마땅했었는데.

　『임신하면 왜 개, 고양이를 버릴까?』라는 책은 개나 고양이를 키우는 것이 임신과 육아에 해를 끼친다고 잘못 알려진 사실들을 바로 잡아주고 예방책이나 대비책을 제시한다. 얼마 전에 출산한 친구에게도 한 권 보내고 언니와 형부에게도 선물해야지. 재채기와 위산이 보호하는 한 개털이 기도를 막는 일은 없다고, 구충을 한 개나 고양이는 생야채나 생고기보다 안전하다는 얘기도 덧붙여서. 아는 것이 힘이라고 이제 널리 전파하는 일만 남았다.

한 친구가 강변북로에서 차에 치인 개를 보고 119에 신고해 구해낸 일이 있다. 유기견인 듯 인식표를 찾지 못해서 친구는 결국 보호자 란에 본인 이름을 올렸다. 개는 엉덩이 뼈가 부러져 두 번이나 수술을 했으나 다행히 큰 후유증 없이 살아났고, 친구는 그 녀석에게 강변이라는 이름을 붙여줬다. 단 한 번도 개를 키워본 적 없고 키울 생각도 해본 적 없는 그녀에게 이 모든 일은 녹록하지 않았다. 수술비며 입원비, 약값과 같은 금전적인 부담은 물론이고 사료와 용변 처리, 목욕과 털 관리 등 신체활동의 제반 물음들이 A부터 Z까지 나열되어 있었으며, 울거나 짖는 등의 사인이 뭘 의미하는지 읽어내는 것도 쉬운 일은 아니었다.

사정상 강변이를 직접 키울 수 없었던 친구는 치료를 마친 후에 좋은 곳으로 입양을 보내기로 결심했다. 그러나 믹스 견에 유기견인 강변이를 맡겠다는 사람은 없었고, 결국 개들을 맡아주는 곳에 위탁하고 시간을 내어 가끔씩 보러 간다고. 그들이 함께 생활한 건 두어 달 남짓이나 강변이는 그녀를 볼 때마다 기쁨의 세레머니를 최소 십 분 이상 보여준다. 두번째 삶을 선물 받은 걸 알고 있는 걸까?

그녀는 강변이를 만나지 않았다면 자신은 아주 중요한 것을 모르고 살았을 거라고 했다. 그것은 뭐라고 딱 꼬집어 정의할 수 없지만 소중한 감정이라고. 나는 어느 작가의 말처럼 그 감정을 사랑이라고 말하고 싶다.

먹을거리에 대한 단상

개를 키우면서 부딪치는 수많은 문제들 가운데서도 내 대표적인 고민은 섭생의 문제였다. 잊을만하면 사료문제가 터지고 그때마다 더 좋은 사료로 바꿔야 할지 고민했었지만 만쥬의 요도 결석 확진 이후로 내게는 더 이상 선택의 여지가 없었다. 수술을 요할 정도는 아니었으나 앞으로 특수 사료만을 먹어야 한다는 진단이 내려진 것이었다. 일반 사료와 함께 가끔은 닭고기나 북어 같은 특식을 먹고 기타 간식들을 즐겨온 만쥬는 울며 겨자 먹기로 오직 특수 사료만을 먹어야 하는 처지가 되었다.

그러나 특수 사료도 사료는 사료일 뿐. 얼마 지나지 않아 이왕 좋은 걸 먹이기로 했으니 완전히 바꿔보기로 했다. 그리고 오늘에 이르러 만쥬는 특수 사료를 끊고 처음으로 자연식에 도전했다. 화(火)식보다는 생식이 좋다던데, 닭보다는 오리가 더 좋다던데, 부족한 비타민이나 미네랄은 얼마나 어떻게 넣어줘야 할까. 대입시험 이후로 이런 공부 모드는 처음이라 하나하나 알아갈수록 혼란은 점점 커져만 간다.

나는 아직 무엇이 좋고 옳다는 굳은 신념을 갖기엔 모든 것이 한참 부족하다. 그래도 더는 모르는 척하지 않고 더디지만 분명하게 가고 있다. 시행착오를 겪는다 해도 두려워하지 말자. 만쥬야, 적어도 엄마는 노력하고 있단다.

닭 가슴살은 만쥬.

양배추, 파프리카, 당근, 호박, 모듬 새싹

토마토 적채, 바나나, 키위, 사과, 브로콜리 너마저

곱게 다져 만쥬에게.

아마씨 오일, 무염청국장 가루, 코티지 치즈

모두 '만쥬 꺼'라 이름 붙인다.

자연식 육 일 차.

좋은 것은 다 들어오고, 나쁜 것은 다 나가라,

주문을 외우며.

가상과 현실의 차이

　예전에 한창 가상으로 개를 키우는 게임이 유행했다. 나름 선풍적인 인기를 끌었던 게임인데 정작 개를 좋아하는 나는 시큰둥했다. 본디 게임에는 별 소질도, 취미도 없는데다 현실에서도 개를 키우느라 힘든데 굳이 가상세계에서까지, 하는 마음이 컸다. 그러다 어느 날 그저 무료함을 달래기 위해 그 가상세계에 발을 들여놓고, 수니라는 이름의 골든 리트리버 한 마리를 입양하게 됐는데 이게 한번 빠져드니 장난이 아니었다. 곧 뿌꾸와 소울이라는 이름의 개들을 둘째, 셋째로 들이며 즐거워하는 내 모습을 마주친 순간, 나는 알게 됐다. 게임이 술이나 마약처럼 현실의 고충을 잊게 한다더니, 아닌 게 아니라 게임 속의 이 아이들은 만쥬나 하쿠에 비하면 꿈에도 그리던 효자 효녀들이 따로 없었다.

　피나는 노력 없이도 조금만 연습을 시켜주면 공도 원반도 척척이요, 슬슬 만져주면 만져주는 대로 반짝반짝 빛이 나고 자기들끼리 서열을 확인한다며 아옹다옹 물고 뜯고 싸우지도 않는다. 게다가 각종 대회에 나가 상금까지 받아와 제 밥값까지 하니 어찌 신통방통하지 아니한가. 종종 마주치는 친구로부터 기특한 선물도 받아와 살림에 보탬이 되어주며 항상 아주 예쁜 똥만 싼다는 장점도 있었다. 진정 그 가상세계는 모든 것이 매력적이었지만 그중에서도 가장 탐이 났던 것은 애견 전용공원이었다.

아직 우리나라에는 맨하탄의 애견 전용공원이나 도쿄의 도그런(애견운동장) 같은, 도심에서 접근이 용이한 애견 전용공원은 없다. (서울 외곽에 몇 군데 있지만 유료로 입장이 가능하다.) 몇 년 전, 한강 변의 남는 자투리 공원을 애견 전용공원으로 만들자는 운동이 있었다. 나 역시 대찬성하며 서명했던 기억이 있는데 아쉽게도 그 이후의 소식이 들려오지 않는다.

산책을 할 때마다 느끼는 것이지만 목줄과 배변 봉투 등의 기본적인 에티켓을 지키고 있음에도 종종 곱지 않은 시선을 받는다. 이태원으로 이사 오기 전까지는 산책은커녕 빽빽한 건물들 사이의 미로 같은 좁고 복잡한 골목을 왔다 갔다 하는 것으로 만족해야 했다. 혹은 사람이 별로 없는 늦은 밤 시간을 이용해야 했다. 동네의 놀이터나 학교의 운동장 같은 곳은 출입 금지이거나, 법적으로 출입이 가능한 곳이라고 해도 싫은 소리를 듣기 일쑤였기 때문이다. 그런 불만은 기본적인 에티켓을 지키지 못해 사람들에게 피해를 입히는 일부 반려인들이 있기 때문이겠지만 가끔은 억울하기도 하다.

게임 속 평화로운 공원은 그림의 떡이다. 그런 동화같이 아름다운 가상세계에서 탈출한 나는 오늘도 만쥬와 동네를 떠돈다. 언젠가 전용공원에서 자유롭게 뛰어 노는 아이들의 모습을 볼 수 있을 그날까지 산책은 계속된다.

아시시의 성인 프란체스코

토끼 보들이가 무지개다리를 건넜다는 소식을 들었다. 모든 죽음이 그러하듯이 남겨진 이들에게는 슬픔과 고통, 후회, 아쉬움 등이 수반된다. 딱히 종교를 가지고 있진 않지만 죽음 이후에는 무엇이 있을지 여러 가지로 생각해보고는 한다. 그 생각의 언저리에서 마주치는 하나. 종종 외국 영화나 드라마에서 동물의 죽음에 덧붙여 '……는 이제 성 프란체스코와 함께할 것이야'라는 대사.

이탈리아의 수호성인인 성 프란체스코는 중세의 혼란스러운 시대에 무소유의 삶을 실천하며 가난한 자들을 헌신적으로 도왔다고 한다. 그의 수많은 일화 중에는 해와 달, 동식물과 대화했다는 이야기가 전해진다. 그는 모든 동물도 신 안에서 같은 형제임을 강조하면서 그들을 '사랑스런 형제들'이라고 불렀다. 자기가 머물던 방의 쥐들에게 이름을 붙여주고 대화를 나눴으며 새들에게도 설교를 하였고 늑대와 대화를 하기도 했다. 동물의 성자로도 불리는 그의 축일인 매년 시월 사 일에는 동물들을 축복하는 예식이 행해진다고도 하는데 기회가 된다면 언제 한번 참석해보고 싶다.

보들이, 성 프란체스코 곁에서 행복하기를.

두려움과 고통의 상관관계

영화 〈행복한 엠마, 행복한 돼지, 그리고 남자〉에서는 죽음에 대한 두려움이 죽음 그 자체보다 더 무서운 것이라는 대사가 있다. 주인공 엠마는 돼지를 잡아야 할 때가 오자 아름다운 나무 밑에서 돼지와 행복한 시간을 보내다가, 숨겨두었던 예리한 칼로 돼지의 숨통을 '단숨'에 끊어버린다. 죽음에 대한 공포 때문에 고통이 배가되는 것을 막기 위함이다.

얼마 전 페이스북의 창립자 마크 주커버그는 손수 도축한 고기만 먹는다는 뉴스가 보도 되었다. 그는 건강한 음식을 섭취하고 지속가능한 농축산업을 배우기 위해 '손수 도축'을 시작했다고 밝혔는데, 단숨에 숨을 끊는 것이 동물에게 고통을 주지 않아 가장 인도적인 방법이라고 한다. 인도적인 도축이라. 고기를 너무 사랑하기에 채식에 대해서는 가끔 생각만 하고 있는 비겁한 내게는 그것이 차선책이라 여겨진다. 그러나 식용 고기가 생산되는 방식인 공장식 사육에 대해 알고 나니 육식에 대해 생각이 많아진다.

우리가 먹는 고기가 단지 어디선가 가져온 맛있는 단백질 덩어리만은 아니라는 것을 알게 되는 순간, 그 잔인하고 고통스러운 탄생의 비화를 알게 되는 순간, 당신도 마찬가지일 것이다. 아마도.

동물의 복지를 위한 다섯 가지 조건

1. 배고픔과 목마름으로부터의 자유
2. 불편으로부터의 자유
3. 고통과 질병으로부터의 자유
4. 정상적인 활동에 대한 자유
5. 공포와 불안으로부터의 자유

이웃의 개들

사랑은 천 개의 얼굴을 지니고 있다.
그리고 그들은 모두 어딘가가 닮아 있다.

노출의 계절엔 고양이

　기상청이 올해 장마가 끝났음을 공식 선언했다. 1973년 이후 역대 2위를
장식한 기록적인 강수량, 그야말로 지난한 장마였다. 본격적인 무더위를 생
각하면 한숨이 나오다가도 여름이 여름다워야지, 생각하며 간만의 파란 하
늘을 즐겨보기로 한다. 동시에, 덥다고 되뇌며 차에서 에어컨을 튼다. 차가
운 바람이 집 나갔던 식욕을 소환한다. 오늘은 또 어떤 맛난 것을 먹을지
생각하며 입맛을 다시며 고픈 배를 쓸어본다. 그러나 그 순간, 당장 시급한
것은 더위를 견디는 것이 아님을 깨닫는다. 그동안 외면했던 나의 살들이
여, 어찌하여 너는! 노출의 계절이 오기 훨씬 전부터 다이어트에 대한 기사
들이며 프로그램들이 넘쳐나고 있었건만 애써 나만 모른 척 해왔구나.
　살에 관한 한 인간과 달리 동물을 바라보는 눈빛은 너그럽다. 특히 고양이
계에서는 거(巨)묘나 통통한 고양이에 관대하다 못해 열광하는 사람들도 있
고, 살짝 쳐진 몽글몽글한 뱃살을 만질 때면 흐뭇해진다는 이들도 있다. 가
만히 바라보니 창밖을 바라보는 둥근 뒤태가 풍성한 달 항아리 같기도 하
다. 외형적 아름다움이나 귀여움은 차치하고라도 토실토실한 살의 그 감촉
에 내 마음이 평온해진다. 가끔은 이토록 넉넉한 무언가가 그립다. 뭘 입어야
날씬해 보일까 고민하고 그림의 떡 같은 극세사 다리 모델들을 보며 한숨 쉬
는 나는 오늘도 먹는 즐거움과 사회적 시선 사이 그 어디쯤에서 고민한다.

스키니한 몸매 따위는 필요 없다는 듯 시크한 눈빛. 어서 내 살들을 숭배하라고 인간의 손에 엉덩이를 들이미는 치명적인 자기애. S/S, F/W, 프레타포르테 경향과는 평생 무관할 보드라운 천연 모피. 부담스런 뱃살 때문에 뚱꼬 그루밍이 다소 힘들 수도 있겠지만, 그래도 노출의 계절엔 고양이가 되고 싶어라.

단지 놀란 것뿐이니 너무 두려워 말아요.
바람의 뒤편에 서 주세요.
내가 당신을 알아낼 수 있도록.

아름다움, 지극히 주관적인 것.

냉혈한.

어떻게 이 눈빛을 보고도

모른 척 할 수 있나요.

개는 인간의 가장 좋은 친구.

PART 4

타인의 취향-인터뷰

함께하기 위해 필요한 마음
: 구례의 수련 할머니와 별이

"아버지가 개를 참 좋아하셔서 어릴 적부터 항상 집에서 개를 키웠던 기억이 나. 결혼을 하고 나서도 늘 개와 함께했고, 세월이 흘러 딸과 사위가 있는 구례로 오면서 별이를 만나게 됐지. 평생 도시에서만 살다가 시골에 오니 적적하기도 했어. 그 당시 키우고 있던 푸들 한 마리가 구례에 온 뒤 죽었는데 큰 개를 키우면 의지가 될 것 같아서 딸과 사위가 풍산개를 알아보았지. 그렇게 별이는 구멍이 숭숭 뚫린 사과박스에 담겨져 고속버스를 타고 이곳에 도착했어.

풍산개 특유의 습성 때문일까? 처음에는 산책하러 뒷산에라도 다녀오라고 별이를 풀어놨는데 노루며 멧돼지를 다 물어가지고 오는 거야. 이건 아니다 싶더라고. 그 생명들도 소중한 건데. 그래서 울타리를 쳐서 마당의 너른 부분을 떼서 별이 집과 마당을 만들어줬어. 이제는 하루에 한두 번 줄을 잡고 산책을 해. 별이는 건장하고 나는 이제 나이 때문에 힘에 부치지만 괜찮아.

아무래도 시골이라 집집마다 개가 많은 편이지만 모두가 별이처럼 사는 것은 아니야. 그 아이들이 좁은 개장에만 갇혀 있으면서 점점 괴물이 되어 가는 것 같아 마음이 아파서 처음에는 다른 개들도 밥 챙겨주고 그랬더랬지. 그런데 여름 복날이 되면 사라지고 또 사라지고 하는 거야. 큰 충격을 받았어. 어느 집에 어미랑 새끼가 있었는데 어느 날 밥을 주러 가니 어미는

없고 새끼 옆에 유골만 나뒹굴고 있더라고. 얼마나 끔찍해? 마음이 아파서 며칠 밤낮을 몸져누워 있었어. 그 사람들에게는 그런 일들이 너무 당연한 일이었겠지만 나는 그걸 이해할 수가 없었어. 어떻게 자리에서 일어나게 됐냐고? 받아들이기로 했지. 그것은 그들의 방식이라는 사실을 말이야. 그들 삶을 존중하지 않는다면 이곳에서 살아갈 수는 없었을 거야.

내 방식은 아직도 그 사람들과는 다르지. 사람뿐만이 아니라 별이를 대할 때에도 나는 존중하는 마음으로 대해. 모든 살아있는 것은 어떠한 존재든 서로가 서로를 존중해줄 때에 비로소 마음이 통하게 된다고 생각하거든. 자식을 키우는 일도 그랬지만 별이와 함께 사는 지금도 역시 마찬가지야.

함께 살아가기 위해서 필요한 마음이 뭘까? 사람들이 내 것, 내 가족이 소중한 만큼 다른 존재도, 비단 사람이 아닌 동물이라도 소중하다는 것을 인정하고 존중해야 한다는 것을 알았으면 좋겠어.

저 나무에는 아침이 되면 새들이 날아와 한바탕 지저귀고 가곤 해. 별이와 함께 있을 때 그 소리가 들리면 얼마나 좋은지. 나도 다시 태어나면 새가 되어 이 세상을 자유롭게 둘러보고 싶어."

이제는 별이를 데리고 다니는 것이 조금은 힘에 부치신다는 말씀이 이해가 됐다. 할머니는 작고 약해졌고 별이는 컸고 듬직해 보였다. 순간 공주와 그 곁을 지키는 무사가 떠올랐다. 할머니 곁을 묵묵히 지키던 모습이나 밖을 서성이다가도 할머니의 부름에 달려오는 별이를 보며 둘 사이에 오가는 애정과 신뢰를 느꼈다. 나는 내 상상이 아주 터무니없는 것은 아니라고 생각했다. 가만히 할머니의 따뜻한 입맞춤을 받는 별이는 행복해 보였다.

더는 슬프지 않아
: 원어민 영어 강사 리스와 피넛, 그리고 패리스

"미국에서는 주인이 개에 대해 모든 책임을 져야 한다는 생각이 강해요. 가족의 일부로 보는 거죠. 나 역시 오래 전부터 동물들과 함께 살아왔어요. 지금도 보시다시피 패리스, 프리다, 고골과 피넛, 대가족을 이루고 살고 있고요. 이번 학기에 제가 가르치는 학생들이 동물실험에 대해 쓴 글을 읽고 좀 놀랐는데 동물은 사람보다 중요하지 않다는 생각을 하더군요. 한국에서 살고 있지만 그런 생각에는 좀처럼 익숙해지기 힘들어요.

난 개를 돈을 주고 샀던 적은 없어요. 늘 입양을 했죠. 피넛도 마찬가지에요. 사실 한국에 왔을 땐 이미 고양이 두 마리를 기르고 있던 데다 오래 전 개들을 떠나보냈던 일들이 있어서 개를 키울 마음은 없었죠. 너무 바쁘기도 했고요. 하지만 당시 남자친구는 늘 개를 키우자고 조르더니 어느 날은 사진을 하나 보여주더군요. 인터넷 보호소에 있는 개들이었는데 그중 하나가 피넛이었고 나도 사진을 보자마자 피넛에게 끌렸지만 아무 말도 하지 않았어요. 감상적으로 선택할 일은 아니었으니까요. 하지만 일 년이 지나도록 그 개가 잊히지 않더군요. 한 번쯤 보고 싶었어요.

같이 보호소를 찾아갔을 때 남자친구는 많은 개들을 살피면서 '우리 가장 슬픈 개를 데려가자. 아무도 데려가지 않을 듯한'이라고 말했어요. 그 말

이 마음에 와 닿았고 난 동의했죠. 그리고 그 개가 피넛이었어요. 피넛은, 나이가 많은 똥개였으니까. 한국인들이 좋아할만한 조건은 아니죠.

 음, 그리고 패리스는 원래 길고양이었는데 피넛과 산책할 때마다 마주치던 녀석이었죠. 어느 날은 피넛에게 다가와 몸을 비비더니 집까지 따라왔어요. 길고양이인데 말이에요. 몹시 더러웠지만 다정했어요. 친구들이 주의를 주긴 했지만 피넛도 싫어하지 않았고 나도 점점 걱정이 돼서 먹이를 주기 시작했고요. 그후 천천히 집에 머무는 시간이 늘어나더니 지금은 아예 상주하는 중이에요. 많은 시간을 함께 보내게 되면서 누구도 그녀를 헤픈 고양이라고 부르게 하면 안 되겠다는 생각이 들어서 이름을 붙여줬죠. 패리스 힐튼에서 따온 이름을요.

패리스와 피넛은…… 마치 연인 같아요. 아침에 내가 고고(다른 고양이)를 쓰다듬어주는 동안 피넛이 패리스의 귀를 핥아줘요. 매일같이. 그 모습이 참 예쁘고 따뜻해요. 난 이 아이들에게 특별히 바라는 건 없어요. 가끔 오늘 저녁은 뭘 먹을까 정도의 일상적인 대화를 하면 좋겠다 싶을 때가 있긴 하지만. 오히려 개나 고양이를 만나서 내가 배웠어요. 누군가와 함께하는 것, 친구가 되는 것, 무언가를 조건 없이 사랑하는 일도. 감정적으로나 육체적으로나 환상적인 경험이에요. 누군가에게 사랑을 줄 수 있다는 것은 선물과도 같은 일이죠.

아, 그래요. 유일하게 바라는 게 하나 있네요. 이 아이들이 오래 살기를 바라요. 나와 오래 함께할 수 있도록."

인터뷰 내내 피넛은 리스의 손짓, 표정의 변화 하나하나에 주의를 기울였다. 그들에게서 따스하고 편안한 공기가 피어올랐다. 패리스의 귀를 핥아주는 피넛에게서 단순하지만 우직한 애정이 느껴졌다. 모두를 바라보는 패리스의 눈 속에서 충만감을 엿보았다. 피넛은 더 이상 슬픈 개가 아니었다.

만화 속에 담은 추억

: 『앙꼬의 그림일기』 만화가 앙꼬와 진돌이

"어렸을 때 키웠던 아롱이가 죽은 후로는 개에게 정을 안 주려고 했어요. 그런데 어느 날 아빠 사무실에 진돌이라는 개가 들어왔는데 다른 개들과 뭔가 다른 거예요. 똑똑한 건 물론이고 눈빛에서 영혼이 느껴졌달까요? 보통 개들은 주인을 보면 반가워하는데 진돌이는 우연히 마주쳐도 스윽 보고는 스쳐지나갔죠. 시크하게. 한번은 꽤 먼 거리의 아무도 없는 횡단보도에 서 있다가 신호가 파란불로 바뀌니 유유히 건너가는 모습이 목격됐던 적도 있어요. 그때 보통 개가 아니라고 동네에 소문이 자자했죠.

생각해보면 자존심도 셌던 것 같아요. 진돌이가 아홉 살 때인가 집에 한두 살 정도 된 곰돌이라는 개가 들어왔어. 처음엔 사이가 좋았지만 곰돌이가 크고 나서 서열 싸움이 벌어졌죠. 순식간에 피투성이가 됐는데 나이는 어쩔 수 없는지 진돌이가 졌어요. 살이 찢어지고 상태가 말이 아니었어요. 밤새 간호도 해주고 위로도 해줬는데 아침에 일어나보니 진돌이가 사라진 거예요. 처음 싸움에 지고 충격을 받았는지 집을 나가버린 거죠. 근데 왠지 모르게 '다시는 돌아오지 않겠구나' 싶더라고요. 가끔 생각나요. 추운 겨울 밤, 사무실의 따뜻한 방안에 진돌이를 눕히고 동화를 읽어주곤 했던 것이오.

제가 그리는 만화에 개 이야기가 계속 등장하는 건 개들도 내 삶의 일부이기 때문이에요. 제 이야기를 하다보면 자연스럽게 흘러나오는 것 같아요. 그러니 굳이 무얼 느끼거나 얻거나 할 건 없어요. 작품이 계속되면서 개들의 삶도 계속되는 거죠. 지금은 개를 키우고 있지 않은데 내가 부족하다 싶어요. 그릇이 덜 된 것 같은 느낌? 지금은 좀 방황 중이고 이제 조금씩 일어나려는 시기 같아요. 좀더 시간이 지나 성장하고 안정이 되면 진돌이 같은, 친구가 되어 함께 살아갈 개를 만나고 키우고 싶어요."

남동생과 함께 밴드를 만들어 활동하기도 했던 앙꼬는 이야기가 끝나갈 무렵 기타 연주와 함께 노래를 들려주었다. 오래 전 곰돌이가 죽었을 때 둘째 언니가 데려온 초희라는 강아지에게 들려줬던 노래라고 했다. 엄마가 보고 싶어 울던 강아지는 신기하게도 앙꼬가 노래를 부르면 조용해졌다고 한다. 코믹하지만 솔직한 가사에는 앙꼬의 그때의 마음이 그대로 묻어났다. 나지막이 부르는 노래에 따뜻함이 스며 있었다.

강아지 노래

– 노래 앙꼬 │ 작사·작곡 앙꼬

나는 강아지 온몸에 털이 달렸죠

다리는 네 개고 귀는 얼굴을 덮는답니다

나는 강아지 꼬리도 달렸고 수염은 열 개도 넘는 답니다

나는 강아지 바닥에 오줌 싸지요

아직은 어디에 오줌을 싸는지 모른답니다

나는 강아지 바닥에 오줌을 싸지요

사료를 안 줘서 냄새는 내 탓이 아니랍니다

오늘은 이십만 원에 팔려서 성남 왔어요

어제는 엄마랑 있었는데 오늘은 혼자 있어요

그래서 하루 종일 눈물 난답니다

옆에는 어떤 아가씨가 노래를 불러주네요

노래를 불러주네요

노래를 불러주네요

가족

: 출판사 '책공장 더불어' 대표 김보경 씨와 찡이, 그리고 길고양이들

('책공장 더불어'에서는 『개 고양이 자연주의 육아백과』, 『개 고양이 사료의 진실』 『채식하는 사자 리틀 타이크』 등 동물 관련 서적을 출판하고 있다.)

"어렸을 때부터 개를 키우긴 했지만 삶을 같이한다는 의미에서 반려동물로 받아들인 건 찡이가 처음이에요. 작은 언니가 선물 받아서 데리고 온 게 1993년이니 지금 열여덟 살이네요. 소형견 나이가 평균 열다섯이니 좀더 오래 살고 있는 셈이죠. 지금은 찡이가 나이가 들고 눈이 안 보여서 마당에 나가면 멍하니 있지만 예전엔 고양이들 사이에서 인기가 많았어요. 고양이들은 보시다시피 길고양이들이죠. 찡이를 좋아하다 책에 관심이 가고, 고양이한테도 관심이 생겼어요. 길고양이들에게도 눈이 가고요. 확실히 관심의 문제에요. 보이니 밥을 먹여야겠다 싶어서 사료를 사다 주곤 했어요. 그때부터 마당에 길고양이들이 찾아오게 됐죠.

'대장'은 그중 우두머리였는데 이 녀석은 언제부턴가 슬슬 가까이 오더니 마루에 들어오고 소파에 올라오고 베란다에서 잠을 자더라고요. 같이 살게 된 거죠. 사실 찡이가 고양이들과 친해진 것도 대장 덕분이에요. 개들은 사람이 가족으로 받아들이는 존재를 자신도 받아들인다고 하는데, 그래서 그런지 대장하고는 별 문제가 없었어요. 그후로는 다른 고양이들과도 잘 지냈고요.

집에 찾아오던 고양이들과 찡이가 같이 찍은 사진들이 있어요. 하지만

226

사진 속 고양이들 중 지금은 없는 아이들도 있죠. 길고양이들은 일찍 죽는 아이들이 많으니까요. 펫로스(애완동물의 죽음)에 관련된 책을 냈던 것도 아마 찡이를 비롯해 이 아이들과 헤어진다는 사실을 생각하면서부터였던 것 같아요. 찡이가 늙어가는 걸 보면서, 그리고 길고양이들의 죽음을 겪으면서 반려동물의 '죽음'에 대해서도 생각하게 된 거죠. 삶을 나누면서 같이 늙어가고 죽음과 이별을 무서워하게 된 거예요. 같이 오래 살아야겠다는 생각도 처음 했고요.

물론 찡이가 나이가 들고 아프니 혼란스러울 때가 있어요. 하지만 내 마음이 어지러우면 찡이도 알고 불안해해요. 확실히 찡이가 알아요. 그래서 평정심을 유지하기 위해서 굉장히 노력해요. 국내외의, 동물 관련 책들 중에서도 죽음에 관련된 책들을 많이 읽으면서 마음 정리도 하고 또 명상에 관심도 많아졌고요. 노력하지 않으면 아무것도 안 돼요. 책에 관심이 많고 또 만들다보니 아는 정보나 지식은 비교적 많지만 결국은 실제로 얼마나 노력하느냐가 더 큰 거죠.

음, 이제는 헤어지는 순간이나 이별 후의 시간은 힘들겠지만 아직 행복하게 많은 걸 공유하며 살고 있으니 특별히 안쓰러울 것은 없다 싶어요. 단지 내년 봄까지만 살아주면 좋겠다는 생각을 해요. 아프지 않게 있다가 헤어지면 좋겠어요."

김보경 씨의 목소리는 담담하지만 따뜻했다. 그의 품에 안겨 있는 찡이는 더없이 편안해 보였다. 그후로도 반려동물과 관련된 이야기들은 꼬리를 물고 이어졌고 그동안 마당에는 길고양이들이 제 집인 양 자유롭게 드나들

고 있었다. 여간 사람에게 마음을 열지 않는 아이들인 줄 알았는데 밥을 챙겨주시는 김보경 씨의 아버님 곁을 떠나지 않고 애정을 표하는 녀석들을 보니 신기하기도 했다. 동물들과 함께 살아가는 또 다른 바람직한 방식을 보는 것 같기도 했다. TNR(고양이 중성화 사업)을 통해 개체 수를 제한하고 도시라는 공간에서 인간과 조화롭게 살아갈 수 있도록 돕는다. 밥을 제공하고 고양이들이 쓰레기 봉지를 뒤지지 않게 만든다. 고양이들은 자유롭게, 사람들은 피해 없이 공존할 수 있다. 매우 이상적이지만 가능해 보인다. 그러나 사이사이 내가 생각하지 못하는 변수가 있을 것이고 또 한두 사람의 실천으로 되는 일도 아니다. 결코 쉬운 일은 아닐 것이다.

김보경 씨는 단지 동물이 좋아 동물 책 출판을 시작했다고 했다. 그리고 어느새 동물들과 함께하는 삶이 보경 씨의 삶 전반에 자연스럽게 스며 있었다. 마당의 길고양이들과 찡이, 보경 씨를 보며 구례의 수련 할머니가, 리스가, 앙꼬가 겹쳐 보였다. 개든 고양이든 살아있는 생명과 함께 사는 일의 의미와 가치를 아는 이들이었다. 이런 사람들이 하나 둘씩 늘어날 것이다. 더디지만 조금씩 변화해가고 있다고 믿는다. 오려면 먼 봄날을 기다려본다.

삶에 있어서 반려동물은 가족. 다른 말은 필요 없다.

인터뷰가 끝나고 얼마 후 찡이가 보경 씨 곁을 떠났다는 이야기를 전해 들었다. 찡이와 보경 씨를 다시 떠올려본다. 마음이 아리고 여러 생각들이 오가지만 덧붙이면 사족이 될 것이다. 단 하나, 찡이가 행복한 개였다는 것만은 꼭 전하고 싶다.

따로 또 홀로 걷기

따뜻하고 눈부신 바람이 분다. 다시 또 봄이다. 옅은 바람에 나뭇가지가 좌우로 흔들릴 때마다 내 몸은 점점 앞으로 수그러든다. 코끝을 스치는 바람 속에서 봄 내보다 약간의 매연이 섞인 겨울의 흔적을 맡는다. 그리고 그 속에서 나는 떠나보낸 아이들을 떠올린다. 함께 보낸 몇 번의 계절, 때로는 걷고 싶지 않아도 걸어야만 했던 날들, 세찬 비가 내리던 그런 밤들, 서로의 체온이 고마웠던 어느 겨울의 시간들.

　헤어질 줄 몰랐으나 이제 아이들과 나는 각자 따로 또 홀로 걸어가고 있다. 아마도 우리가 다시 나란히 걷는 일은 없을 것이다. 하지만 아이들도 나도 분명히 함께 보낸 시간의 흔적을 가지고 있다. 더 많은 날들이 지나면 그것 역시 옅어질 테지만 이렇게 싸한 겨울 내를 맡는 날에는 불현듯 그 기억들이 떠올라 가만히 눈 속으로 걸어 들어가게 되겠지. 나의 계절은 아직 겨울인 모양이다.

우리, 헤어질 줄 몰랐지
© 이근영 2012

초판인쇄　2012년 3월 27일
초판발행　2012년 4월 10일

사진·글　이근영
펴낸이　김정순
기획　서민경
책임편집　김수진
디자인　모희정
마케팅　김보미 임정진

펴낸곳　(주)북하우스 퍼블리셔스
출판등록　1997년 9월 23일 (제406-2003-055호)
주소　서울특별시 마포구 서교동 395-4 선진빌딩 6층
전자우편　editor@bookhouse.co.kr
홈페이지　www.bookhouse.co.kr
전화　02-3144-3123
팩스　02-3144-3121

ISBN 978-89-5605-589-3 03810

이 도서의 국립중앙도서관 출판시도서목록(CIP)은 e-CIP 홈페이지(http://www.nl.go.kr/ecip)에서
이용하실 수 있습니다. (CIP 제어번호 : CIP 2012001320)